情事の報酬

アビー・グリーン 作
熊野寧々子 訳

ハーレクイン・ロマンス
東京・ロンドン・トロント・パリ・ニューヨーク・アテネ・アムステルダム
ハンブルク・ストックホルム・ミラノ・シドニー・マドリッド・ワルシャワ
ブダペスト・リオデジャネイロ・ルクセンブルク・フリブール・ムンバイ

WHEN CHRISTAKOS MEETS HIS MATCH

by Abby Green

Published by Harlequin K.K., Tokyo, 2014

アビー・グリーン

ロンドンに生まれ、幼少時にアイルランドに移住。10 代のころに祖母の愛読していたハーレクインのロマンス小説に夢中になり、宿題を早急に片づけて読書する時間を捻出していた。短編映画のアシスタント・ディレクターという職を得るが、多忙な毎日の中でもハーレクインの小説への熱はますます募り、ある日辞職して、小説を書きはじめた。

主要登場人物

シドニー・フィッツジェラルド……………休学中の大学生。
セシル……………………………………………シドニーの母親。故人。
ジョセフィン………………………………………シドニーの叔母。
アレクシオ・クリスタコス……………………航空会社の経営者。
ラファエレ・ファルコーネ……………………アレクシオの異父兄。
セサル・ダ・シルヴァ…………………………アレクシオの異父兄。
デメトリアス………………………………………アレクシオの友人で顧問弁護士。

プロローグ

　アレクシオ・クリスタコスは、母のエスペランサが父を裏切り、浮気を続けてきたことを昔から知っていた。しかし、母の葬儀でその証拠を目の当たりにするとは思っていなかった。アレクシオが会ったこともない男たちが何人も目に涙を浮かべ、母の棺《ひつぎ》に向かって花を放っていたのだ。

　先ほど、父は苦い顔をして立ち去った。ただし、父も数多くの愛人を作ってきたのだから、偉そうにできる立場ではない。

　両親にとっては、終わることのない消耗戦だった。父はいつでも、自分と同じように母を嫉妬させたがっていた。しかし、母は……。アレクシオは、何をしても母を心から幸せにすることなどできないのではないか、と感じていた。贅沢極《ぜいたく》まりない生活を送り、どんなわがままも聞いてくれる人たちに囲まれていたというのに、母にはつねに胸の奥に悲しみを抱えているようなところがあった。家族が相手でも、絆《きずな》を結ぶことは決してなかった。

　長いあいだ封じてきた記憶がよみがえってきた。九歳のころ、両親の言い争いを見てしまったときのことだ。涙をこらえながら立ち聞きしているのを母に見つかって、アレクシオは思わずこう言った。

〝どうしてそんなに嫌い合ってるの？　愛し合うのがふつうなのに、なんでできないの？〟

　母は冷ややかに息子を見やった。そのなんの感情もない目にアレクシオが身震いしていると、しゃがんだ母に顎をつかまれた。〝愛なんておとぎばなしよ、アレクシオ。そんなものは存在しないの。私があなたの父親と結婚したのは、彼が必要なものをくれるから。成功と安定と権力こそが重要で、感情に振りまわされてはだめ。感情はあなたを弱くする。なかでも愛はそうだわ〟

心をこじ開けられたようなあのときの感覚は、一生忘れられない。

肩に手を置かれ、はっとして振り返ると、父親違いの兄、ラファエレがこわばった笑みを浮かべて立っていた。兄もまた、子供のころから母親への葛藤を抱えてきた。ラファエレのイタリア人の父親は、全財産を失うと同時にエスペランサから捨てられ、身も世もない思いをさせられた。

何年ものあいだ、兄弟は子供っぽい喧嘩《けんか》を繰り返し、張り合ってきた。だがアレクシオが十四歳になり、ラファエレが独り立ちするために家を出たあとは、ぶつかることも少なくなった。とはいえ、父に息苦しい思いをさせられていたアレクシオは、それを免れたラファエレに対する妬みを完全には消せなかった。父からの期待は重かった。だから、自分の力を試すために跡を継がないと決めたアレクシオに、父はひどく落胆した。

兄弟はそれぞれ物思いにふけりながら、墓をあとにした。背格好が似ているふたりは、どちらも百九十センチほどの長身で、人目を引く容姿をしている。兄の髪は濃い茶色だが、アレクシオは黒で、短く刈りこんでいる。そしてふたりとも、母の特徴的な緑色の目を受け継いでいた。ただし、アレクシオの瞳はより明るく、金色がかった緑色だ。

車の近くまで来たとき、アレクシオはふいに襲われた寒々しさをごまかすため、兄をからかうことにした。目についたのは無精ひげだ。「葬儀だというのに、身だしなみも整えられないのか？」

「寝坊したんだ」ラファエレの目がぎらりと光る。

アレクシオは苦笑いを浮かべた。「嘘《うそ》だろう。アテネに来てまだ二日じゃないか。僕のアパートメントではなく、ホテルに泊まりたがったのも不思議じゃないね」

ラファエレは言い返そうとしたが、ふいに眉をひそめ、アレクシオの背後に目を凝らした。アレクシオも振り返ると、数メートル後ろに険しい顔をした長身の男がいて、ふたりを見つめている。見知らぬ男だが、アレクシオは胃がよじれるような感覚に見舞われた。いや、気のせいだ。しかし、男は独特な緑色の目をしている。

見知らぬ男は墓のほうをちらりと振り返り、口元をゆがめた。「ほかにも僕たちの仲間がいるのか？」

好戦的な口調にむっとして、アレクシオは顔をしかめた。「僕たち？　なんの話だろうか？」

男はラファエレを見た。「僕を覚えていないようだな」

ラファエレは青ざめている。「あなたは誰だ？」

男はほほえんだが、そこに温かみはなかった。

「君たちの兄だ……父親違いのね。セサル・ダ・シルヴァだ。今日は、僕に生を授けてくれた女性に敬意を表しに来た……その価値もない女だったが」

男は話し続けていたが、アレクシオの耳には入ってこなかった。父親違いの兄？　セサル・ダ・シルヴァの名前なら、もちろん知っている。世界的な巨大複合企業の所有者だ。不動産や金融といった無数のビジネスを手がけていながら、めったに人前に出てこないことでも有名な男。

何かが胸の奥からわきあがり、アレクシオは唐突に口を開いた。「いったいなんだ――」

男が冷ややかな視線をよこした。三人が似ていることは見間違いようがない。三卵性の三つ子と言っても通りそうだ。

セサル・ダ・シルヴァは冷たく言った。「父親の違う三人の息子か……それでも、彼女は君たちふたりを狼《おおかみ》の群れの中に放り出すことはしなかった」

セサルが進み出ると、アレクシオもすぐさま前に出た。驚愕《きょうがく》の事実を明かされて、怒りが募っていた。ふたりの身長はほとんど変わらず、顔を突き合わせる格好になる。

歯を食いしばるようにして、セサルは言った。

「争うために来たのではないぞ。君たちふたりに言いたいことは何もない」

とっさに、アレクシオは母をかばいたくなった。本人に拒まれる前は、そうして守りたいと思っていたものだ。「言いたいことがあるのは、亡くなった母にだけのようだな。あなたの言っていることが本当ならね」

セサルが寒気のする笑みを浮かべ、アレクシオはわずかにひるんだ。怒りもしぼんでいく。

「もちろん、本当だとも……残念ながら」セサルはすっとアレクシオを避けて、墓穴のほうへ歩いていった。その前でしばし立ち、ポケットから何かを出して暗い穴に放ると、鈍い音がした。

ようやく振り返ったセサルが、兄弟ふたりのところに戻ってきた。張りつめた空気の中、無言でふたりを見つめてから、待たせていた車に向かう。彼が後部座席に乗りこむと、車はすぐに走り去った。

ラファエレがアレクシオに顔を向けた。衝撃を受けているのが、全身から感じられる。

「いったいぜんたい……」アレクシオはつぶやいた。

兄は首を振った。「僕も何がなんだか……」

アレクシオはセサルの車が停《と》まっていたところを見つめた。冷たい何かがみぞおちに巣くい、母を守れると思っていたころが思い出される。母はそうするのを許してくれなかった。墓に入ってからも、劇的なタイミングでまた教えられたわけだ。女性というものは決して本当のことを言わず、いつも何かを隠している。そこには人の心を粉々にするほどの力が秘められている場合もあるのだ。

1

五カ月後

「ねえ……もう行かなきゃならないの？」

ねっとりとからみつくほどの色気がにじんだ声を聞き、アレクシオはシャツのボタンを留めるのをやめた。しかしとどまりたいと思ったわけではなく、それどころかいっそう早く出ていきたくなっただけだった。

礼儀正しい表情で、ベッドにいる女に向き直る。しなやかな手足、つややかな茶色の髪、大きな黒い目、かわいらしくすぼめた唇。体にはブランケットも何もかけていないのだから、なぜ彼女をホテルのスイートルームに連れてきたのか、理由を思い出すのは簡単だった。昨晩、このミラノで、兄のラファエレの結婚式があったのだ。

女は魅力的だ。申し分ないと言ってもいい。

それでも、アレクシオはもはや欲望を感じなかった。認めたくないが昨夜の情事も期待はずれで、表面的には満足していても、心の奥底では冷めている。しかし、名うてのプレイボーイの仮面をかぶってほほえんだ。「すまない、仕事で朝のうちにパリへ飛ばなければならないんだ」

女はしなを作って体を伸ばし、完璧すぎるほど美しい胸を突き出して、さらに口をすぼめた。「今すぐ出かけなくちゃいけないの？」

アレクシオは顔に笑みを張りつけながら着替えを終え、彼女の口に軽くキスをしたあと、首に腕をまわされる前にさっと逃れた。「楽しかったよ……また連絡する」

口をすぼめるのをやめて、目つきを険しくしたとき、女の本性が見えた。アレクシオ・クリスタコスという引く手あまたの男を取り逃したのだとわかって、機嫌を損ねたらしい。

彼女は裸のままベッドから出ると、イタリア語で怒りの言葉を吐きながら、バスルームに入っていった。アレクシオはかすかに顔をしかめたが、ばたんと音をたてて女がドアの奥に姿を消すなり、ほっと息を吐いた。

首を振り、スイートルームから出ると、VIP専用のエレベーターで豪華なホテルのロビーへと下りていく。まったく、女というやつは。彼女たちを好きでいるのは、距離を置いた上での話だ。都合のいいときだけ、ベッドを温めてくれればいい。

アレクシオは、父に対して冷たい仕打ちを繰り返す母と、それでも母の美しさととらえどころのなさに溺れていた父を長年見てきた。そのせいで、どんな女性にも用心するようになった。

妻と心を通わせられなかった父は、息子に目を向け、自分の世界の中心に据えるようになった。幼いうちから、アレクシオは父親の過剰な関心に閉じこめられるような恐怖を覚え、閉所恐怖症に似た症状に悩まされてきた。今でも誰かが、とりわけ女性が少しでも感情的になったり、彼に期待をかけすぎたりすると、心を閉ざしてしまう。

割り切った付き合いがいちばんだ。昨日は兄の結婚式を目にしたせいで、否応《いやおう》なく自分の将来を考えさせられたが、三十歳のアレクシオはまだ身を落ち着ける気になれなかった。

いつかは妻を持ち、家庭を築きたいとは思っている。そのときには、適切な女性を選ぶつもりだ。美しくて聞き分けのいい、僕の心を求めない女性を。とにかく、父と同じ轍《てつ》は踏まない。どれだけ思いを寄せても決して応えてくれない女性に焦がれ続け、一生苦しむなどごめんだ。

アレクシオは母の葬儀の日にもうひとりの異父兄が現れたことと、そのときの衝撃や怒り、再び母に裏切られたという思いについて考えた。感情を振り払うのには慣れているので、墓地での出来事は頭の隅に追いやっていた。だからセサル・ダ・シルヴァに連絡を取ることもなく、ラファエレとのあいだで話題にすることもなかった。ラファエレがあの兄を結婚式に招いたのは知っていたが、予想どおり、セサルは出席しなかった。

感情は不確かで、予測ができず、簡単に人の足元をすくう。ラファエレを見てみろ！　四年ものあいだ息子を隠していた女性によって、兄の人生は引っくり返された。それが再会から二カ月で当の女性と結婚し、愛に惚《ほう》けた顔を見せるとは。女の移り気な性質について、自分の父親から教わったことをすっかり忘れている。

兄がいかに幸せそうでも、三歳半の甥《おい》がいかにかわいらしくても、僕に言わせれば、ラファエレはあの新妻にばかだと思われている。自動車産業界の鬼才と呼ばれ、推定資産数十億ドルとも言われるラファエレ・ファルコーネと結婚したがらないわけがあるか？　息子を育てなければならない女性なら、なおさら望みは強いだろう。

似たような状況に陥っても、僕ならそんな罠《わな》には引っかからず、息子を奪った女性など許さない。兄も同じ考え方だったはずなのに……。

アレクシオは口元を引き締め、不愉快な思いを押しやった。運転手が玄関に車をまわすあいだ、ホテルに入ってきた女たちの視線を感じて、サングラスをかける。

乗った車が走り出すころには、兄の結婚式で抱いた感慨も、満足できなかったベッドの相手のことも、きれいに頭から消えていた。

飛行機の座席でシートベルトを締め、シドニー・フィッツジェラルドは深く息を吸った。それでも、胃がよじれるような感覚は消えない。飛行機への恐怖が初めてほかの何かでまぎれていることさえ、彼女は喜べなかった。

頭に浮かぶのは、大好きな叔母ジョセフィンの丸い顔だけ。あどけなさの残る顔を心配そうに曇らせ、叔母は震える声でこう言った。〝シドニー、これはどういう意味？　家を取られてしまうの？　こんなにたくさんの請求書が……いったいどこから来たのかしら？〟

叔母は五十四歳だが、世間を知らずに生きてきた。赤ちゃんのころ、酸欠状態になったことが原因で脳に軽い障害が残ったため、何をするにもほかの人たちより少しだけ遅く、少しだけ劣ってしまう。それでもどうにか学校を卒業し、仕事を見つけ、現在も家の近所の雑貨店で働いている。そしてずっと前から住んでいる家が、叔母の自立の大切な礎だった。

シドニーは口を引き結んだ。ほんの二カ月前に他界した愛する母はうぬぼれが強く、わがままだった。とはいえ、無邪気な叔母にどうしてあんなことができたのだろう？

かつて味わわされた屈辱を考えれば、そういうまねをしかねない人なのはわかっていた。忘れようにも忘れられない苦い思い出を、シドニーは心の中で押しつぶした。

数年前に父が亡くなったとき、母と娘の安穏とした生活は音を立てて崩れ落ちた。シドニーは四年生になる前にいったん大学を休み、働いて復学の資金を貯《た》めることを余儀なくされた。

母のセシルはというと、パリに引っ越して、ジョセフィンと一緒に暮らさなければならなくなった。そうしなければホームレスになるか、母にとってはもっと悪いこと――仕事を見つけるしかなかったからだ。セシルは不満たらたらだった。何せ、それまではなんの不自由もなく、どちらかというと贅沢《ぜいたく》に暮らしてきた。しかも、妻の幸せのほかには何も望まないという、働き者の夫に尽くしてもらっていた。

案の定、パリに移ったあと、母の身勝手な気質はまた表に出るようになった。叔母にアパートメントを抵当に入れるようそそのかしたのだ。アパートメントはもともと父が義理の妹のために買ったものだったから、母はその点を強調して、叔母を説き伏せてしまった。そうしてお金を借り、叔母との共同名義のクレジットカードを使い、ひと財産を使いはたした。そして母の死後、叔母は自分に多額の支払いが課せられていることを知ったというわけだ。

シドニーは叔母を救ういちばんの方法を考えた。叔母自身にどうにかさせるつもりはなかったから、まず負債の名義をシドニー自身に換えた。ためらいはなかった。無邪気な子供ではいられなくなったときから、母の後始末をすることはシドニーの役目だった。おかげで亡くなった今でも、本能的にそう動いてしまう。

叔母を危機から救うには、パリに移り住むしかないだろう。シドニーは怖じ気《おけ》づきそうになる自分をなんとか抑えこんだ。私は若くて健康だ。きっと仕事だって見つかるわよね？

彼女は不運に背中を押された格好だった。叔母の借金について弁護士と話し合うためにダブリンからパリへ向かう直前、勤め先のレストランが閉店することになって、ウエイトレスの仕事を失っていたからだ。シドニーがそのダブリンに戻るのは、あちらでやり残したことを片づけ、現在の住まいから退去して、保証金を返してもらうためだった。

シドニーは両手をぐっと握り締めた。母は自分のことしか考えず、そのせいで――。

「お席はこちらです」

「ありがとう」

頭上のやり取りにはっとして、シドニーは顔を上げ、男性の顔を見た。そして、一度、二度とまばたきをした。とても背が高く、肩幅の広い男性だ。彼はコートを脱ぎ、たたんで上の棚にしまおうとしていた。その動きで、上質のシルクのシャツとジャケットの下の体がたくましいのがわかる。客室乗務員の女性は、そんな男性の世話を焼きたくてたまらないようすだ。

男性は魅惑的なアクセントのある英語で言った。

「もういいよ、ありがとう」

客室乗務員は滑稽なほどしょんぼりして立ち去った。男性がジャケットを脱ぎ始めたとき、シドニーは彼を見つめている自分に気づいた。これでは先ほどの乗務員と変わらない。シドニーはさっと顔を背け、窓の外をながめた。見えるのは、どんよりとした春のパリの空と、蛍光色の服を着た係員たちが離陸の準備をしている姿だけだ。

男性の姿は脳裏に焼きついていたから、その彼が隣に座ったときには、ふたりのまわりの空気が消えてしまったように感じた。しかも、男らしい香りまで漂ってくる。

これほどすてきな男性は見たことがない。浅黒い肌、高い頬骨、がっしりとした顎。漆黒の短い髪も、形のいい唇も魅力的だ。美男子と言っていいはずなのに、そういう印象は受けなかった。感じたのは揺るぎない男らしさで、体が熱くなる。エコノミー席に座るとはとうてい思えない男性だ。

その彼が口を開いた。「失礼」

低い声はおなかに響くようで、シドニーは唾をのみ、これは気の迷いだと自分に言い聞かせた。こんなにすてきな男性が、現実に存在するわけがない。けれど隣を振り向いた瞬間、心臓が止まった。ほんの数センチ先にある顔は……本当にすばらしい。それどころか、どことなく見覚えもある。有名な男性モデルなのだろうか？　それともフランスの映画スター？

心と体に何かおかしなことが起こっていた。ふたつがうまくつながらず、思わずくすくすと笑いたくなるのを抑えつける。ふだん、そんなふうに笑うことはないのに、私ったらいったいどうしてしまったの？

見とれるくらいきれいな緑色の目の上で、片方の眉が上がった。金色がかった緑色の目は、まるでライオンだ。彼女の目も緑だが、色合いは青に近い。

「僕のシートベルトの上に座っているようだが」

一瞬、何を言われているのかわからなかった。ようやく意味をのみこんだとき、シドニーは跳び上がった。「ごめんなさい。今すぐ……ちょっと待って……どこかに……」

いらだった声で、男性は言った。「僕が取るから座っていてくれ」

シドニーは恥ずかしくて目を閉じ、自分のシートベルトをつかんだ。そうして縮こまっているあいだに、彼が冷静にシートベルトを引き出して、かちりとつける。

再び席にもたれたシドニーは、苦しい息を繰り返し、隣の席を見ないようにしながら言った。「ごめんなさい。私――」

「もういい。気にするな」

おなかのあたりが熱くなった。そんなに冷たい言い方をしなくてもいいんじゃない？　それに、私はどうして急に自分の格好を気にし始めたの？　髪は適当にまとめただけで、ジーンズは膝に穴があくほどはき古し、セーターも同じく着古している。おまけに眼鏡までかけていて、まるで〝だらしのない大学生〟の見本だ。

たとえ相手がどれほどすてきでも、男性の目を気にして自意識過剰になるのは耐えられず、シドニーは深く息を吸ってまっすぐ前を向いた。それでも、大きくて力の強そうな手がノートパソコンを開くのは、視界の端に見えた。

数分たっても飛行機は離陸せず、男性は大げさにため息をついた。シドニー側の腕が動いて、何かを押す。客室乗務員が慌ててやってきたところを見ると、コールボタンだったのだろう。

「お呼びでしょうか？」

彼の声にはいらだちがにじんでいた。「まだ離陸しないのには、何か理由があるのか？」

シドニーはちらりと男性の横顔を見た。表情まではっきりわからないが、どうせ偉ぶった顔をしているのだろう。客室乗務員の女性は恐縮しきっている。

「申し訳ございません、すぐに調べてまいります」

ばかにしたように、シドニーは小さく鼻を鳴らした。すると、男性がこちらを振り向く。「今……何か言ったか？」

彼の存在感に圧倒されまいとしつつ、シドニーは肩をすくめた。「飛行機は滑走路に入る順番を待っているだけじゃないかと思って」

「へえ、そうか？　しかし、僕がロンドンで大事な会議に出なければならないとしたら、どうする？」

全身がかっとほてったが、これは偉そうな態度に対する怒りよ、と自分に言い聞かせ、シドニーは腕を組んで低い声で言った。「この飛行機には約二百人が乗っているの。会議を控えている人は、ほかにもいるはずよ。でも、誰も文句を言っていないわ」

男性の目がきらりと光ったように見えて、つかの間、シドニーの息が止まった。浅黒い肌にはとてもめずらしい緑色の目は、とてつもなく厳しい。

「正確には二百十人だ。確かに、大事な用のある人間はほかにもいるだろう。だとしたら、僕はなおさら適切な質問をしたことになる」

君に大事な用などあるわけはないな、とでも言いたげに、彼はシドニーの装いにさっと視線を走らせた。

「言っておきますけど、私はロンドンでダブリン行きの便に乗り継ぎをするの。遅れたら大迷惑だわ。でも、それが人生ってものでしょう」

男性は少し身を引いて、シドニーの顔を見た。「どこのアクセントかと思っていたんだ。興味をそそられるね」

お世辞なのかどうかわからなかったので、シドニーはただ口を閉じた。そのとき、パイロットがふたりの席の横で咳払《せきばら》いをした。

男性の視線に心をつかまれそうになっていたシドニーは、その咳払いに救われた思いだった。パイロットは身をかがめ、声をひそめて彼に言った。「ミスター・クリスタコス、申し訳ありません。先に数便が離陸待ちをしておりまして。そう長くはかからないはずですが、よろしければ、プライベートジェットをご用意いたします」

シドニーは思わず目を見開いた。

数秒の間があいて、男性が言った。「いや、この便でいい、ピエール。気づかいには感謝する」

パイロットが軽く会釈をして立ち去ると、シドニーは開けていた口をぱっと閉じて窓の外を見た。近くに停《と》まっている彼女たちの便と似た飛行機の機体には、クリスタコス社のロゴとギリシア人哲学者の言葉が書かれている。

彼って、アレクシオ・クリスタコスなの？

シドニーは小さく首を振った。隣に座る男性は今、携帯電話を耳に当て、ギリシア語らしき言葉で話している。エコノミー席で窮屈そうに座っているこの人が、クリスタコス社の所有者のはずはない。

アレクシオ・クリスタコスとは、大学のビジネスの講義で取り上げられるような人物なのだ。驚くほど若いうちに成功を収めた彼が、父親の事業を継がなかったときには、おおいに紙面をにぎわせたものだが、その理由は誰も知らない。

アレクシオは独力で道を切り開き、まずはオンラインの運送会社を立ちあげて、競合会社をことごとく追い落とした。そしてわずか二年後、その会社を売って財産を作り、航空業界に乗り出した。それからは五年とたたないうちに、ヨーロッパ一の航空会社と張り合うようになり、ついには打ち負かした。クリスタコス社の飛行機を利用すれば、家畜ではなく人間らしく扱ってもらえるという評判だ。

ヨーロッパでは、アレクシオは結婚相手としてもっとも望まれる独身男性のひとりらしい。シドニーはゴシップ雑誌など読まないが、大学で彼のビジネスモデルを学んだあと、クラスメイトたちがその私生活について噂《うわさ》するのは耳にしていた。彼女たちがアレクシオの写真をうっとりとながめていたのを思い出し、シドニーの気持ちは沈んだ。見覚えがあるのも当然だ。

そう、ただの美男子ではない。雄々しく、力のある男性だ。シドニーはもじもじと身じろぎしたくなり、席を替えたくなったけれど、その理由は考えたくなかった。自分の体に女らしい影響を与えられることには慣れていなかった。

隣の女性が身じろぎを始めた。アレクシオはその腿に手を置いて、動きを止めたくなったが、こぶしを握って衝動をこらえた。

彼女をやけに意識してしまうのがいらだたしい。電話の向こうでは、部下がロンドンでの予定を並べているのに、アレクシオの目は女性の破れたジーンズからのぞく白い膝に吸い寄せられていた。これ以上だらしない格好があるか？　どんな女性なのかは、先ほど話したときに見ていた。明るい色の髪、ほっそりとした体、色白の顔、眼鏡。女らしさをことごとく隠すぶかぶかのセーター。そして、ハスキーな声と魅惑的なアクセント。

ふだんのアレクシオなら、女らしい装いをしていない女性には目もくれない。何せ、彼は世界でもトップクラスのモデルに育てられた。母はいつも一分の隙もなく着飾っていたものだ。アレクシオは眉をひそめた。また母のことを考えている。

部下の言葉が耳に入ってこないのに気づいて、アレクシオは唐突に通話を終わらせた。隣の女性は身をこわばらせていて、体がふいに張りつめる。プライベートジェットに乗ることもできたのに、先ほど僕はそうするのを拒んだ。自分らしくない行動だが、本能的な何かに引き止められたのだ。

アレクシオはちらりと隣の席を見た。女性は大きな灰色のバッグを膝にのせ、座席の前のネットに入れていたものを中に移していた。黒縁の眼鏡を頭に押し上げているせいで、視線が彼女の髪に吸い寄せられる。赤みがかったブロンドはきれいな色合いだ。下ろしたら、ふわりと波打つのだろう。

張りつめていたものが下に下りていく。女性の顔はハート形で肌は白く、最初に思ったほど平凡ではなかった。すっと通った小さな鼻にうっすらとそばかすが浮かんでいるのを見て、アレクシオははっとした。化粧っ気のない女性の顔を間近で見るのは、ずいぶん久しぶりだ。なぜか、とても親密な行為に思えた。

彼女の手は小さく、動きはすばやかった。器用そうな指の爪は短く切ってあり、アレクシオは欲望の炎が燃え上がるのを感じた。この手が自分の体に触れたら、どれほど白く華奢《きやしゃ》に見えるのか思い描いたとたん、唐突に体が熱くなる。頭の中の光景はあまりに扇情的で、一瞬、息が止まった。

女性は眼鏡もバッグにしまった。アレクシオの視線に気づいているのかその頬は赤く、彼はまたもや呆然《ぼうぜん》とした。頬を染める女性を最後に見たのはいつだった？

横から見ても、彼女の唇はふっくらとして、やわらかそうだった。キスをしたくなる唇だ。

息をついた女性のセーターに覆われた胸が上下したとき、アレクシオの目はそこに引き寄せられた。ふいに彼女をもっと見たくてたまらなくなった。欲望がさらに燃え上がり、その勢いに驚く。昨夜泊まったホテルに女をひとりで残してきたばかりだというのに……僕はどうしたんだ？

彼女が振り返り、ふたりの目が合って、アレクシオは息をのんだ。眼鏡をかけていないと、目元の美しさがよくわかる。アーモンド形でアクアマリン色をした瞳は、青や緑色にきらめくエーゲ海のようだ。

長いまつげの色は濃く、白い肌を引き立たせていて、眉は髪と同じ赤みがかったブロンドだった。

女性はバッグを握ると、口元をこわばらせて、目をそらした。「私、席を移るわ」

アレクシオは眉をひそめた。理由を知りたくはないが、全身が尋ねろと叫んでいる。「なぜ君が席を移るんだ？」これもまた新しい体験だった。女性が僕を避けようとするとは！

彼は座席の背にもたれた。女性が口を開くと、小さな白い歯が見え、ここに座ったまま何時間でも彼女を見ていたいという、奇妙な気分に襲われた。

女性はさらに赤く顔を染めた。「だって、あなたは……」困ったような顔でアレクシオを見る。

「僕がなんだ？」赤くなった頬に触れたくなったものの、アレクシオはその思いを抑えつけた。

彼女は怒ったように言った。「だから、あなたは……あなたでしょう。忙しいに決まっているし、いろいろな人と話もしなきゃならない。あなたの席にはゆとりが必要よ」

冷水を浴びせられた気分で、アレクシオは目を細くした。そう、パイロットとのやり取りを聞かれたのだから、僕が何者かはわかって当然だ。しかし、これまでの経験から言えば、僕の正体がわかっても相手が逃げていくことはなかった。むしろその反対だ。

「ゆとりなら充分にある。君がどこかへ行く必要はない。そんなことをされるのは、侮辱だね」

シドニーは必死に気持ちを落ち着かせた。彼が世界有数の実業家だからって、それが何？　これまで出会った男性の誰よりもすてきな人だからって、それが何？　だいたい、私はいつからこんなに興奮しやすくなったの？　フライトはたったの一時間で、そのあいだ隣に座ることくらいなんでもない。

彼女はできるだけ落ち着いた声で言った。「わかったわ。ただ、あなたには物理的にもっと広いスペースが必要かと思っただけ。だってあなたは……」

口ごもり、唇を噛《か》んで、目をそらした。

「僕は、なんだ？」

その口調に笑いが含まれているのを聞き取り、シドニーはむっとした。「あなたはエコノミー席向きの体じゃないでしょう？」そしてバッグを座席の下に押しこみ、座り直して腕を組んでから、笑みを浮かべている彼を見た。ああ、なんてほほえみなの。

シドニーは責めるような調子で言葉を継いだ。「そもそも、どうしてここにいるの？　プライベートジェットに乗ることだってできるのに」

緑色の目はちらりとも揺るがず、シドニーはかえってそわそわした。

「抜き打ち検査だよ。きちんと運営されているか、ときどき確かめに来るんだ」

シドニーは息を吐いた。「そうだったわね。資料で読んだわ」

アレクシオの怪訝《けげん》そうな顔を見て、しぶしぶ明かす。

「大学の講義で、あなたのことが事例として取り上げられたのよ」

彼は驚いた顔も見せなかった。「ほかには何を勉強していたんだ？」

きまりの悪い思いで、シドニーは答えた。「厳密には、まだ在学中なの。四年生になる前に、ある事情で休学しなければならなくなって。今は復学のためのお金を貯めているところ。専攻はビジネスとフランス語よ」

「どんな事情だ？」

シドニーはアレクシオを見た。ぶしつけと言えばぶしつけな質問だが、それがかえってすがすがしく、彼から目を離せなくなった。隣り合った座席が、ふたりだけを包む居心地のいい繭のように思えてくる。

「その……アイルランドで不動産ブームが終わったとき、父の建築会社がうまくいかなくなって、借金を負うことになったの。それからまもなく、父が亡くなって、すべてを失った。会社も、家もね。そのときまでの大学の授業料は支払いずみだったけど、とうとうお金が尽きたの。それで、休学して働くしかなくなったのよ」

揺るぎないまなざしでじっと見つめられ、シドニーはまた身じろぎしたくなった。

「で、どうしてパリにいたんだ？」

シドニーは眉を上げた。「これは何？　質問ごっこ？　なら、きくけど、あなたはなぜパリにいたの？」

アレクシオが腕を組むと、シルクのシャツの下で筋肉が盛り上がって、シドニーは息をのみ、人を引きつけずにはおかない目に視線を戻した。

「昨日、ミラノで兄の結婚式に出席したんだ。それから今朝、パリに飛んできた。ロンドン行きの便のようすを自分で確かめるために」

「会議に遅れることは心配じゃないの？」

「歓迎できない事態だが、みな、僕を待ってくれる」

それはそうだろう。この男性を待たない人がいる？

「さあ」アレクシオは先をうながした。「きみはなぜパリにいたんだ？」

シドニーは喉元にこみ上げたものをのみ下した。

「母のことで弁護士に会いに行ったのよ。二カ月前に亡くなったんだけど、パリの生まれだから、父の死後は故郷に戻って叔母と暮らしていたの」

アレクシオは腕組みをやめ、真剣な表情になった。

「たいへんだっただろう。短いあいだに両親を亡くすとは。僕も五カ月前に母を亡くしたばかりだ」

シドニーの胸は締めつけられた。同じ境遇の者同士、一瞬、思いを分かち合えた気がした。「お気の毒に……つらいわよね」

彼は唇をゆがめた。「母とはそれほど仲がよくなかったが……ああ、いまだにショックだ」

胸の痛みが強くなり、シドニーはかすれた声で打ち明けた。「私は母を愛していたし、愛されていたのもわかっているけど、うちもあまり仲がよくなかったの。母は……自分本位の人だったから」ふいに機体が動き始め、とっさに肘掛けをつかんで、窓の外を見た。「ああ、たいへん、動いているわ」

そっけない声が左から聞こえた。「離陸前の飛行機は、一般的にこうして動くものだ」

「おもしろい冗談ね」シドニーはつぶやいた。飛行機に対する恐怖と闘うのに必死で、今しがたの会話は頭の中から消えていた。

「飛行機が怖いのか？　それなのに乗り継ぎでダブ

リンまで行くだと？　なぜ直行便にしなかった？」

「こちらのほうが安かったからよ。なんにしても、直行便は満席だったわ」

いつものように吐き気がこみ上げ、シドニーは口を閉じた。飛行機は速度を上げていく。滑走と離陸がいちばんつらい。それに着陸もだめだ。飛行中の乱気流も苦手だった。

「怖がるようになった理由はあるのか？」

放っておいてくれればいいのにと思いながらも、シドニーは言い返した。「地上から何千メートルも上空にいるのよ。ブリキとファイバーグラスのほかに何でできているかは知らないけど、私たちを守ってくれるのはそれだけなのに、ほかに理由なんて必要？」

「飛行機は主にアルミニウムでできているし、合金を使う場合も多い。炭素繊維にも注目が集まっている。兄が車を製造しているから、ふたりで新しい技術を調べているところなんだ」

シドニーは片方の目を開けて、アレクシオをにらんだ。「どうしてそんな話をするの？」

「飛行機を怖がるなんてばかげているからだ。世界一安全な移動手段なのを知らないのか？」

シドニーは両目を開けて、いささか無愛想に言った。「航空会社の社長が乗っているなら、その飛行機が落ちる可能性は高くないでしょうね」

アレクシオはしたり顔をしている。「そうだろう？」それから身を乗り出したので、シドニーの脈はめちゃくちゃに乱れた。「それに、もし墜落事故が起こったとしたら、全座席の中でいちばん安全なのはこの席なんだ」

彼女は目を丸くした。「本当に？」

彼はいたずらっぽく目をきらめかせているだけで、シドニーはまぶたを閉じ、体のざわめきを抑えようとした。「おもしろい冗談だわ」

機体が傾き、シドニーは肘掛けを握る手に力をこめた。隣からため息が聞こえたあと、左手が大きな手に包まれ、息の仕方を忘れる。

「何をしているの？」自分の手がやけに小さく感じられ、シドニーはうわずった声で尋ねた。

「もしよければ、痛めつけるのは僕の肘掛けではなく、僕の手にしてほしいね」

シドニーはまた目を開けて、左隣を見た。アレクシオはまじめな顔を作っているが、口は今にも笑い出しそうにひくひくしている。「私がどんなに力をこめても、肘掛けはびくともしないようだけど」

「それでもだ。大切な乗客が助けを必要としているとき、僕が知らん顔をしていた、などとは言われたくないんでね」

2

熱いものが体に広がっていくのを、シドニーは感じた。彼は私を口説こうとしている。目がくらむような高さの渓谷の端にいて、眼下に広がる未知の世界から手招きされているみたいな気分だ。アレクシオはひと目で心を奪われるほどすてきな男性で、本人がその気になれば、とても魅惑的にもなれる。世慣れているのがよくわかるけれど、私では彼に不つり合いだ。

シドニーはどうにか手を引き抜き、こわばった笑みを浮かべた。「大丈夫よ。でも、ありがとう」

アレクシオが驚いたように、軽く目を見開く。

早くも後悔しかけていたが、シドニーは膝に手を置くと前を向いて、窓の外を見ないように目を閉じた。離陸の恐怖よりも、その感情を隣の男性に見せないようにしたかった。

それでも、何度となく、もう一度手を握ってもらいたいとは願っていた。彼の手は少しだけごつごつしていた。働く男性の手だ。

「もう目を開けていいぞ。シートベルト着用のランプが消えた」

シドニーは深呼吸をして目を開け、こぶしに握っていた手を開いた。こちらを見ているアレクシオは、今までずっとそうしていたのだろうか。

彼が手を差し出した。「君はもう僕が何者か知っているだろうが、僕は君が誰なのか知らない」

引きさがるつもりはないようで、またシドニーは落ち着かなくなった。すげなくすることなどできず、思わず口元をほころばせて、差し出された手を握る。

「シドニー・フィッツジェラルドよ。よろしく」

手を握り返されると、シドニーの体は熱くなっていった。

「シドニーか……フランス系の名前だな」

「ええ、母がつけてくれたの。さっき話したとおり、フランスの生まれだから」

「ああ、そうだったな」

彼はまだ手を握っている。このままでは熱が出そうだ。「エアコンの温度が上がったのかしら？」

「確かに君は暑そうだ。セーターを脱いだらいいんじゃないか？」アレクシオはようやく手を放したが、シドニーの肌はまだぞくぞくしていた。

「このままで大丈夫よ」じっと見つめられているのに、服を脱ぐ気にはなれなかった。そのとき、シドニーは今しがたの会話を思い出した。ふたりとも母親を亡くしたばかりだと知ったとき、私は彼に妙な親近感を抱いた。心をさらけ出してしまった気がして、彼女は顔を背け、本に手を伸ばした。少しして脈打つことがあるなんて知らなかったけれども、今は確かにうずくような感覚がある。

「人を凝視するのは失礼だぞ」

シドニーは跳び上がった。頬が熱くなる。彼はゆっくりと片目を開いて、シドニーを見た。

「どうしてわかったの？」

身をかがめたせいで、短く刈った黒髪が、危険なくらいシドニーの腿に近づく。そのあたりから全身に熱が広がっていくのを、彼女は感じた。

アレクシオはシドニーの本を手に取って、体を起こし、題名をちらりと見てからそっけなく言った。

「『経営構造の成功例を分析するためのテクニック』？　あくびの出そうな本だ」

顔をしかめ、シドニーは彼の手から本をもぎ取った。「復学したときに後れを取らないように、勉強しているのよ」

「立派な心がけだな」


から、またアレクシオを見る。彼は座席の背にもたれ、目を閉じていて、シドニーはおかしなくらいがっかりした。

しかし、今なら気づかれることなく、アレクシオをじっくり見られる。彫りの深い顔立ち、長いまつげ、がっしりした顎。ふいに脚のあいだがうずき、シドニーは愕然《がくぜん》とした。これほど強い欲望を感じたことはない。大学時代にはボーイフレンドもいたし、セックスもしたけれども、あれは何というか……つまらなかった。我慢して付き合っていた、とでも表現すればいいだろうか。はっきり言って、私より相手のほうが楽しんでいた。

でも、アレクシオなら……女性が感じるべき喜びをすべて与えてくれそうな気がする。だって、すごくセクシーな唇をしているもの。口元はきりりとしているのに、やわらかそうで……シドニーは腿を閉じて、そのあいだの脈動を止めようとした。そこがなぜかわからないが、シドニーは身構えるように言った。「勉強しなきゃならない人もいるのよ。生まれつき才能があったり、最初から大成功を収められるほどの援助を受けられたりする人のほうがめずらしいんですからね」

アレクシオの口元がこわばった。どうやら怒らせてしまったようだ。「僕はなんの援助も受けてはいない。大学の授業で取り上げられたとき、そのことには触れられなかったのか？」

シドニーは顔を赤くしてうつむき、ジーンズの汚れを見つめた。それから顔を上げて言う。「そういう意味で言ったんじゃないの……。あなたがお父様の跡を継がなかったことは有名ですもの。でも、恵まれた環境で育ったおかげで、事業には自信を持って乗り出せたはずよ。ふつうの人は、初めから成功を確信できないものなの」

彼はいくらか表情をなごませた。「そのとおりだ。僕は父の仕事ぶりを見て育ったし、最高の教育を受けさせてもらった。おまけに、兄も事業を成功させているから、そこから学ぶことも多かったんだ」

シドニーは、アレクシオが父親の会社を継がなかった理由をききたくてたまらなかった。しかしそのとき、ワゴンを押した客室乗務員が現れ、彼ににっこりとほほえみかけたので、思わずかっとなった。やきもちだと気づき、そんなものを感じた自分にぞっとする。重ね着をしているせいで暑くてたまらず、アレクシオがコーヒーを注文している隙に、シドニーはセーターを脱いだ。だが服から顔を出すと、客室乗務員も彼もこちらをじっと見ていた。

「何……」シドニーはアレクシオと客室乗務員を見返した。乗務員が目つきも口調も冷ややかに尋ねる。

「コーヒーと紅茶、どちらになさいますか？」

シドニーは流暢《りゅうちょう》なフランス語で紅茶を頼んだ。見なくても、アレクシオがかすかな笑みを浮かべているのがわかって、肌がぞくぞくする。タンクトップを二枚重ね着しているのに、まるで一糸まとわぬ姿をさらしているような気分だ。

彼女が財布に手を伸ばす前に、アレクシオがふたり分の代金を払った。

「ありがとう。でも、べつによかったのに」

彼は肩をすくめた。「たいしたことじゃない」

「あなたの顔は誰でも知っているのに、こうして抜き打ち検査をすることに意味があるのかしら？」アレクシオが眉を上げるのを見て、シドニーは言葉を継いだ。「だって、今の乗務員は好印象を与えようと一生懸命だったわ」

「確かに」白く小さなカップを持つアレクシオの手は、ひときわ浅黒く大きく見える。「しかし、僕はいつも予告なしで搭乗する。それに、確認したいのはスタッフの働きぶりだけではなく……すべてだ。乗客の意見が耳に入ってくることもある」

シドニーは眉をひそめた。「そういうことは部下に任せて、あなたはその報告を受ければいいんじゃない？」

アレクシオはまた肩をすくめた。「どのみち、今日はロンドンに行かなければならない。それなら、自社の旅客機に乗ってもいいだろう？　人にクリスタコス社の便を勧めておきながら、自分では乗れないわけがない」

仕事にプライドを持っていることがその顔には表れていて、シドニーはうなずいた。「さすがだわ。もし誰かに批判されることがあっても、あなたなら乗客の気持ちがわかると堂々と言えるわね」話に夢中になるあまり、アレクシオのほうに身を乗り出す。「加えて、乗客はあなたに親近感を持つわ」

アレクシオはほほえんだ。「それもある。なかなかの分析力だ。君が休学しなければならないとは残念だな」

彼女は目をそらした。彼の視線は、私が気づきもしていない私を見ている気がする。

「さて、君の母親はフランス人だったらしいが……父親は？」

シドニーはかすかに眉をひそめた。「まだ質問ごっこを続けるの？」座り直して、ふたりがどれだけ狭い空間にいるのか、意識すまいと努めた。身じろぎをするたびに肘が触れ合うということは、ほんの三センチ脚を左に動かせば、腿もぴたりと重なるのだろう。ますます体が熱くなり、シドニーは答えた。「父はアイルランド人よ。母がダブリンに来たときに出会い、そのままとどまって結婚したの」

事実とは少し違うが、嘘《うそ》ではない。両親の関係と私の出生には後ろ暗い秘密が隠されているけれど、アレクシオは知らなくてもいいことだ。私が生まれたあとの騒動についても。

「あなたのご両親は？」

アレクシオがふっと無表情になり、シドニーは興味をかき立てられた。

「母はスペイン人で、父がギリシア人だ。ひょっとしたら君は知っているかもしれないが」

「お母様がスペイン人だとは知らなかったわ」

「君のフランス語は母親譲りだな？」

シドニーはうなずいて、紅茶を飲んだ。そして、これほどアレクシオを意識していなければ、彼との会話はとても楽しかっただろうと気づいた。「母は私にいつでもフランス語で話していたし、父もそれを喜んでいたの。いつか役に立つとわかっていたのね」

「君は父親と仲がよかったのか？」

もう一度うなずく。「ええ。どうして？」

驚いたことに、ほんの一瞬、アレクシオはシドニーの頬に触れた。「父親のことを話したとき、君の表情がやわらかくなったから」

触れられたところに手を当てて、シドニーはまたうつむいた。髪を下ろしていれば、顔を隠せたのに。

「父を愛していたわ。すばらしい人だった」

「幸運だな。僕と父は……気が合うとは言えない」

シドニーはちらりとアレクシオを見た。「でもお父様は、さぞかしあなたを自慢に思っていらっしゃるんでしょうね」

アレクシオは苦笑いを浮かべた。「いや、僕は父の助けを借りずに事業を興し、ひとりで道を切り開いた。父はそのことを一生許さないだろう」

そのとき、別の客室乗務員がカップを回収しに来て、またしても会話は中断された。アレクシオははっとわれに返り、心の中で自分をののしった。

僕はいったいどうしたんだ？　シドニーの白い肌、美しい目、しなやかでほっそりとした体に魅了されて、まったくの他人に打ち明け話をするとは。


客室乗務員が立ち去ると、アレクシオはシドニーがシートベルトをはずしているのに気づいた。

「お手洗いに行きたいの。いいかしら？」

気を取り直す時間ができることにほっとし、アレクシオは自分のシートベルトをはずして立ちあがった。あえて通路には出ず、前を通るシドニーと肌が触れ合うようにする。そして海を思わせる色の目がきらめくと、またしても腹を殴られたような衝撃に見舞われた。

彼女のほうはなるべく触れ合わないように気をつけていたが、その腰が腿をかすめただけで、アレクシオは欲望のうずきを感じ、シドニーの香りを嗅がずにはいられなかった。ひんやりとした風のようにさわやかで、何かの花の香りもほのかに感じられる。ぴりりとしているかと思えば、薔薇《ばら》の花びらみたいにやわらかなところもあり、思わずそそられてしまう。

シドニーは思ったよりも背が高かった。百七十センチ以上はあるだろうか。

彼女がトイレに向かって歩いていくと、アレクシオは座席に座り直した。だが通路に首を伸ばして、その後ろ姿を見たとたん、全身が熱くなった。スキニージーンズに包まれた脚はすらりとしているのに、ヒップは意外なほど丸みがある。ほかの男たちも、シドニーが通り過ぎたあと、振り返って見ている。

不格好なセーターをシドニーが脱いでから、アレクシオはまともに息ができなくなっていた。あのとき、ちょうど客室乗務員が彼女に注文をきいたため、アレクシオもそちらを見るはめになったのだった。だから白い肌、細い腕、華奢《きゃしゃ》な肩と鎖骨がだんだん見えてくるさまを目にしたのだ。

頬を染めたシドニーが顔を上げたとき、アレクシオは欲望にとらわれた。タンクトップを重ね着していて大事なところは何も見えないのに、彼にとっては、裸を目の当たりにしたも同然だった。

それからは高ぶりを抑え、なんとか会話に集中することで、小ぶりながらも張りのある胸の谷間に視線を落とすまいと精一杯我慢した。明るいピンクのブラジャーのストラップが見えるたび、体はますます熱くなった。これまでの恋人たちが身につけていた高価なランジェリーなど、どれもかなわない。昨夜の女の記憶はとうに消えている。

アレクシオはシドニーのすべてを見たかった。ほんのつかの間でも、彼女の頬に触れたいという気持ちを抑えられなかった。肌はやわらかく、取れたての桃のようにみずみずしかった。

長いあいだ求めていたのはこういう欲望だ。差し迫った欲求。抗《あらが》えない衝動。この飛行機からシドニーを連れて降り、すべてを味わわずにはいられない。そもそも、こんな気持ちになったことが今まであっただろうか？

自分の考えに呆然《ぼうぜん》としていたため、小さな声が聞こえたとき、アレクシオはまったく心の準備ができていなかった。「あの……ミスター・クリスタコス？」

顔を上げると目の前にはシドニーがいて、アレクシオは冷静なふりさえできず、再び欲望のとりことなった。視線の高さに彼女の胸があって、まともに頭が働かなくても、ひとつだけわかっていることがあった。かつてない欲望を引き起こすこの女性、シドニー・フィッツジェラルドがほしい。だから、必ずものにする。僕はいつでもほしいものを手に入れてきた。それが女性なら、なおさら逃すものか。

座り直したシドニーは、小さな化粧室で取り戻したはずの冷静さをまたしても失いかけていた。熱を冷ましたくて冷たい水で顔を洗ったけれども、まったくの無駄だった。アレクシオ・クリスタコスのところに戻り、吸いこまれるような緑色の目にとらえられたとたん、全身がまた熱くなったからだ。ふたりのあいだの空気が、ぱちぱちと音をたてている気さえする。

この人はプレイボーイなのよ。シドニーは呪文のように頭の中で繰り返した。女性を見れば、まず口説くのが癖になっているだけ。しかし、同級生たちは言っていた。彼が選ぶのはトップクラスのモデルや女優といった、いわゆる絶世の美女だけだと。一方、平凡な顔立ちにそばかすがあり、髪もきちんとしていない私はそういう女ではない。

ふいに恥ずかしくなり、熱湯と冷水を交互に浴びせられたような気分に襲われた。とうてい手の届かない男性なのに、何を妄想しているの？

咳払《せきばら》いが聞こえたが、シドニーはそちらを見るのが怖かった。思いきって顔を向けたとたん、あの緑色の目と目が合って思わず息がもれ、肌がぞくぞくする。

アレクシオはやさしい声で言った。「ミスター・クリスタコスとは呼ばないでくれ。ひどく年をとった気分になる。アレクシオでいい」

機体がわずかに降下し、シドニーは声を絞り出した。「もうすぐ着陸するわ。あなたに会うことは二度とないでしょうから、呼び方なんて気にしなくてもいいんじゃないかしら」

「そう決めつけないでくれ」

シドニーはまばたきをした。心臓は胸の中で跳びはねているようだ。「どういう意味？」

「今夜、君をディナーに連れていく」

相反する二つの反応が同時に起こった。心と体は大喜びしているが、頭の中では警報が鳴り響いている。アレクシオの尊大な態度は腹立たしく、喜んでいる顔を少しでも見せてたまるものですかと思う。

相手はあのアレクシオ・クリスタコスなのだ。ディナーと一緒に私をぺろりと平らげ、夜が明けたらなんのためらいもなく捨てるに決まっている。

彼は気まぐれで私に興味を持っただけ。

人でいっぱいのエコノミー席の空気が薄くて、気の迷いを起こしたのかもしれない。退屈すぎて、いつもとはまったく違う女に惹《ひ》かれただけなのかも。

シドニーは腕を組み、目を細めた。「その言い方だと、お誘いというよりは命令よね。私はダブリン行きの便に乗り換えるのよ」

なぜかわからないが、シドニーはアレクシオに優位に立たれるのを恐れていた。それでも心の大部分は、ふたつ返事で彼の腕の中に飛びこみたがっている。アレクシオを拒む女性は多くないどころか、今までひとりもいなかったかもしれない。しかし、一夜限りで終わるとわかっていながら彼に身を任せたら、この先自分を許せなくなる。それだけ自身を大切にしているのだと思いたかったけれども、事実は違った。彼に惹かれすぎてしまうのが怖い。一夜だけでは絶対にたりなくなると、本能が告げているのだ。ふだんの私は責任感が強く、用心深い人間で、衝動に身を任せることなどない。

アレクシオはプラチナの腕時計に視線を落とした。

「乗り継ぎ便にはもう間に合わない。航空会社の創業者として詫《わ》びるために、君をディナーに連れていく」

「乗り継ぎ便を逃した人全員を、ディナーに誘うわけじゃないでしょう」

「それはそうだが、君のことは誘いたい。お願いだ」

「ディナーの相手として、私は最悪よ。厳格な菜食主義者ですもの」本当ではないが、いたずら心が頭をもたげていた。

アレクシオはほほえんだ。「君はきっと最高の相手になるだろう。それに、僕は菜食主義者向きのすばらしいレストランを知っている。好きなだけ茄子《なす》を食べられるぞ」おもしろそうに目をきらめかせる。

シドニーは顔をしかめた。アレクシオはちっとも信じていない。彼がゆっくりとシドニーの体に視線をやり、セクシーな笑みを口元に浮かべる。その表情は、食事だけが彼の目的ではないことを雄弁に物語っていた。

彼女はアレクシオをにらみつけた。体がほてるのは、自分こそディナー以上のことを期待している証拠だ。遅ればせながら、セーターを脱いでいたのを思い出し、もう一度着るために引っぱり出した。

アレクシオが顔をしかめた。「それは燃やしてしまったほうがいいぞ」

「お気に入りのセーターなの」

「そんなぶかぶかのものに君の体を隠すのは犯罪だ」

突然、機体ががくりと揺れ、シドニーの心臓は止まりかけた。顔から血の気が引いていく。

すぐさまアレクシオはシドニーの両手を握って、穏やかに言った。「着陸しただけだ」

動悸《どうき》は収まらなかったが、窓の外に地面が見えて、飛行機が速度を落としていくのはわかった。シドニーは驚いてアレクシオを見た。「着陸に気づかなかったのは初めてよ」彼に気を取られていたせいだ。

ふたりはまだ手を取り合っていた。彼の手に比べて、シドニーの手はやけに小さく、白く見える。ぐっと握り締められて、頭がぼうっとしていたシドニーは顔を上げた。

じっと見つめ合っていると、息が苦しくなった。アレクシオが片方の手を引き抜き、そっとシドニーの顎に当てて、頬の形を確かめるように親指を肌に走らせる。

アレクシオの視線は唇に向けられていて、シドニーはキスをせがみたくなった。アレクシオが視線を上げ、またふたりの目が合う。しかし、彼はうなり声をあげて手を離し、シドニーは唇を噛《か》んで叫びたくなる衝動を抑えた。

夢から覚めるように、正気を取り戻す。どれだけ物ほしげに見えていたか考えると顔から火が出そうになり、彼女は体を起こした。キスをされなくてよかったのだ。もしされていたら、絶対に拒めなかった。

「シドニー」

「何?」突き放すように答えた彼女は、荷物をまとめるためにバッグを膝に置いた。必要なのは本を読むときだけなのに眼鏡を出してかけたのは、何か身を守るものがほしかったからだ。そして彼の顔を見たが、たちまち後悔することになった。精悍《せいかん》な顔立ちをしたアレクシオの目には、危険な表情が浮かんでいる。「あなたを会議に連れていこうとして、部下が待ち構えているんじゃないかしら」

アレクシオは口元をこわばらせた。シドニーの言うとおりだ。制服姿の地上係が人込みを縫い、こちらに近づいてくるのが見える。

彼はシドニーの手をつかんだ。まわりの人たちは降りる準備に忙しそうで、誰も見ていない。

「シドニー、僕は本気だ。今夜、一緒にディナーに出かけよう」

シドニーはアレクシオの目を見た。キスをしてもらえなかったことが残念でならない。しかし、誘惑に負けやすくなっている気がしていやになった。

「私はダブリンに行くの。あなたの……気まぐれに付き合って、ロンドンにとどまることはできない」

「気まぐれじゃない。付き合ってくれたら、家に帰るまでの手はずは僕が引き受ける」

彼女は手を引き抜いた。「だめよ……ごめんなさい。ディナーには行けないわ」

制服姿の男が座席の横にたどり着き、アレクシオに何か耳打ちした。彼は短くうなずき、立ちあがって荷物を取った。それから、その立ち姿に見とれていたシドニーを見おろした。

「一緒に来てくれ。乗り継ぎ便に間に合うかどうか、できるだけ努力してみよう」

「いいのよ。ひとりで大丈夫。もし間に合わなくても、次の便を待てばすむことだもの」

アレクシオは大きくため息をついた。「いいから一緒に来てくれ。お願いだ」そして手を差し出した。

シドニーはその手を見つめた。もう二度と会えないかもしれないと思うと、出会ったばかりなのにこの人なら信頼できるという気がして呆然とする。子供のころのトラウマで、簡単には人を信用できないたちなのに。短いあいだに両親を亡くし、母の非道な行為が明るみに出たあとは、世界に確かなものなど何もないと思っていた。でもこの男性と一緒にいるあいだ、私は安心しきって、守られていると感じていた。どうかしている。

さらにどうかしていることに、手が勝手に動き、アレクシオの手を握っていた。不思議だけれど、こうして手をつないでいるのが自然な気がする。ただ、断崖の端から足を踏み出したようで怖くもあった。

アレクシオは機体の後ろのほうへシドニーを連れていった。ふたりのために開けられたドアを抜けて、その先のステップを下りると、別の係員と車が待ち構えていた。アレクシオは係員にシドニーの名前を告げ、彼女の荷物を回収するように命じた。そのあいだにＶＩＰ用の税関の役人が、パスポートをあらためる。

気づけば、ふたりは運転手付きの車に乗り、乗り継ぎ便のターミナルへ向かっていた。

3

携帯電話に目を向けていたアレクシオは、実は何も見ていなかった。シドニーにキスをする機会を逃した怒りと……欲望が渦を巻いていたせいだ。だが、あのときは何かに押しとどめられた。彼女はいつもの女たちとは違う、というささやきが聞こえたのだ。今感じているものの強さもいつもと違う。

僕は洗練された人間であることに誇りを持っている。気まぐれな情熱に身を任せ、一時間前に出会ったばかりの女性にキスをするような男ではない。

それでも……シドニーを黙って行かせることはできなかった。車の中にいる彼女は、膝にのせたバッグをつかみ、身をこわばらせている。

思わず、アレクシオはシドニーの顎に触れ、優美なその線を撫《な》でた。シドニーはますます体をこわばらせたが、顔を上げてこちらに目を向け、彼は改めて驚いた。ノーメイクに滑稽な黒縁眼鏡、ぶかぶかのセーター、はき古したジーンズ。僕がこういう女性を求めるはずはない。しかし、彼女のことはほしくてたまらない。なぜかわからないが、この瞬間は彼女が世界一美しい女性に思える。飢えは募るばかりで、アレクシオはふいに気づいた。僕はもう二度とシドニーに会うことはないかもしれない。

彼の理性は吹き飛んだ。シドニーはその顔に何かを読み取ったらしく、目を見開いて頬を染めた。

アレクシオは彼女を抱き寄せ、唇を重ねた。

唇のやわらかさと甘い味を感じたとたん、頭が真っ白になった。シドニーはアレクシオの胸に両手を当て、もたれかかってくる。彼はさらにシドニーを強く抱きしめて、キスを続けながら、口を開くようながした。次の瞬間、吐息とともに彼女が従うと、アレクシオは欲望の波に押し流された。

シドニーはまだ呆然《ぼうぜん》としていた。ふたりの唇が重なり、アレクシオの舌が口の中に入ってくるのでは何も考えられないし、考えたくもない。わかるのは、飢えたような目で見られた瞬間から、彼の腕の中に身を投げ出す用意ができていたことだ。

やさしいキスではなかったけれど、シドニーはかまわなかった。情熱的で、これまで体験したこともないほど熱い口づけを求めていた。アレクシオは唇をむさぼりながら、両手でシドニーの頭を包み、髪をほどこうとしている。今にも粉々になりそうな気分だけど、キスはすばらしすぎて……まるで麻薬みたいだ。いつまでもやめないでほしい。

心の中の飢えた獣が気づかないうちに目を覚ましたように、シドニーはアレクシオにも負けない情熱でキスに応じていた。それどころか、積極的なのは今や彼女のほうで、彼の下唇をそっと噛《か》んでは……無意識に舌でなぞっていた。

どこかからかすかな音が聞こえた。それから、アレクシオがキスをやめて顔を上げた。

わずかながらでもわれに返り、シドニーはアレクシオにしがみついていた自分に気づいた。頭の中は混乱しているけれども、どうにか体を起こし、彼から離れる。息は乱れているうえに意識がぼんやりして、一瞬、目の焦点さえ合わなかった。

ふいにふたつのことに気づいた。車がターミナルの入り口で停《と》まっている。先ほどの物音は、ふたりの注意を引くために運転手がたてたものだろう。

アレクシオの手はまだシドニーの腕をつかんでいた。彼の顔が近くにあるので、重そうなまぶたときらめく目が、奔放な一夜を約束しているのがわかる。私が求めているのは、彼を引き寄せ、再びキスをすることだけだ。

それでも突き放すようにして、シドニーはアレクシオの手から逃れた。頬は熱く、髪は下ろされている。震える手で、彼女は髪を後ろでまとめ直した。

彼のほうは見られなかった。今のはなんだったの？　まるでいきなり火が燃え上がったようだった。そして、私はためらいもなくそこに飛びこんでしまった。あっという間にわれを忘れた自分が恐ろしい。

「ターミナルに着いた」見ればわかることだが、アレクシオはあえて言った。あのキスで自分の何かが変わったようで、考えることがうまくできない。

シドニーは目を合わそうとせず、浅く息をしている。開いているその口を見て、アレクシオは早くもまたキスをしたくなった。

彼女には思いもよらない何かがある。その何かは僕を貫き、皮肉屋で冷たい男という固い殻を壊して、誰も触れたことのない場所にまで入ってきた。

シドニーがちらりとこちらを見ると、アレクシオにはきらめくエーゲ海のような目しか見えなくなった。まだ眼鏡をかけている彼女は、ドアのハンドルに手を伸ばした。去っていくと思うと我慢できなかったが、アレクシオが止める間もなく、シドニーはドアを開けて車から降りた。

アレクシオの動きは速く、シドニーが体を起こした次の瞬間には、その隣に立っていた。彼女の荷物を持った係員が走ってくると、アレクシオはそれを受け取り、早くふたりきりにしてくれと叫びたいのをこらえた。

崖っぷちを歩いているような心持ちで、シドニーを見つめる。「気は変わらないか?」

一瞬、シドニーが首を横に振りかけたように見え、アレクシオの心臓がどくんと打ったが、彼女は唇を噛んでうなずいた。「ええ、家に帰らないと」

「仕事があるのか?」

シドニーは目をそらした。「最近まであったけど……勤め先のレストランが閉店してしまって」

アレクシオの体に力が入った。「なら、急いで帰る必要なんかないのでは……」そこで受け入れがたい考えが浮かんだ。「恋人がいるなら別だが」

彼女はさっとかぶりを振り、傷ついた表情でアレクシオを見た。「いないわ。もしいたら……さっき私たちがしたようなことは絶対に……」いったん言葉を切り、改めてアレクシオを見つめてから悲しそうに言った。「それでもあなたとは……こういうことはできない。私、誰とでも寝るような女じゃないの、アレクシオ。あなたがその気になったからって、このことベッドまでついていけない」

アレクシオは黒縁眼鏡を奪い取り、シドニーを抱き寄せて、キスで降伏させたくなった。その気持ちを抑え、心にもないことを言う。「僕は君をディナーに誘ったんだ、シドニー。セックスじゃなく」

　青ざめたシドニーがバッグを斜めがけにし、そのせいでアレクシオの欲望はさらに燃え上がった。ストラップが胸のあいだに食いこみ、ふくらみをよりあらわにしたからだ。ああ、僕はどうしてしまったんだ？　この一時間で、理性という理性を失ってしまったのか？

「そうよね……ありがとう。私がロンドンに住んでいたら、お誘いを受けたかもしれないけど、実際には違うし、本当に帰らなくてはならないの」

　離れていくシドニーを見て、アレクシオの胸にパニックめいたものが押し寄せた。とっさにジャケットのポケットに手を入れ、名刺を出して渡す。

「僕の自宅と携帯電話の番号だ。もし何かあったら、連絡してくれ」

　数秒ためらってから、シドニーはうなずいた。

「いろいろとありがとう」そして、搭乗口に向かい、何百人もの人の波に消えていった。

　アレクシオにとって、自分を見失うという感覚は厭《いと》わしいものでしかなかった。子供のころから、ずっとそうならないように必死に闘ってきた。父の望む跡継ぎという型に押しこめられそうになるたび、父の期待で窒息しそうになるたびに反抗してきた。そして何よりも、母を思いどおりにできない父が自分を見失う姿を嫌ってきた。だが、シドニーは自覚なしに、僕にわれを忘れさせてしまう。

　アレクシオはひとしきり悪態をついた。

　二十分後、シドニーは後悔のあまり叫び出しそうになっていた。体はまだうずいているうえ、頭に浮かぶのも、アレクシオ・クリスタコスの精悍《せいかん》な顔立ちと男性モデルも顔負けの体だけだ。しかし、耳に入ってくるのは、航空会社の職員が繰り返しこう言う声だった。「申し訳ありませんが、お客様、週末にはイギリス対アイルランドのラグビーの試合が開催されるんです。ダブリン行きの便は今日も明日も満席で、チケットが取れる見込みはありません」

シドニーの後ろには長蛇の列ができている。誰もが家に帰りたがっているらしく、職員は早くも次の客の相手をし始めた。がっくりしたシドニーは、カウンターの前を離れ、出入り口のほうに戻っていった。アレクシオがまだそこにいることをなかば期待したものの、彼も車も跡形もなく消えていて、彼女は泣きたくなった。

あれほどカリスマ性のある男性に出会ったのは初めてなのに、どうして誘いを断ったの？

シドニーはふと母セシルのことを思い出した。まだ子供のうちから、彼女は母のように欲の深い人間にはなるまいと決めていた。母はまわりの人たちの苦しみに無頓着で、とりわけ夫の苦しみには無頓着だった。けれど、父は母に人生を捧《ささ》げ続けた。おおっぴらに恥をかかされ、シドニーが自分の娘ではないと結婚前に知っても、その態度は変わらなかった。

私には大きな責任がある。叔母が助けを必要としているときに、自分のことばかり考えていてはいけない。それでも、心のどこかから小さな声が聞こえた。今夜だけならかまわなかったんじゃない？　ひと晩だけなら。

〝気は変わらないか〟と彼が尋ねてくれたとき、首を振りかけたことを考えると、胸が締めつけられる。

叔母のことがあるから断ったのだと言いたいところだけれど、ジョセフィンは地元の慈善団体の人たちと一緒に、二週間の休暇旅行に出かけている。毎年恒例の旅行だから、今年もぜひ行くようにと私が勧めたのだ。ダブリンでの生活を整理するあいだ、叔母には心配事を忘れていてほしかった。そのことを思い出して、アレクシオの誘いに応じかけたのだが……シドニーは尻込みをした。思いきった行動に出るのが怖かった。

もう手遅れだ。シドニーはアレクシオの名刺を握る自分の手を見おろした。大事な会議へと急ぐ彼の姿が目に浮かぶ。もう私のことなんて忘れているに違いない。私はチャンスを逃したのだ。それどころか、あれは幻だったのかもしれない。

胸に穴があいたようだったものの、シドニーは気を取り直し、もう一度人込みに戻ることにした。取れる中でいちばん早い便の航空券を買って、それからどこか泊まる場所をさがし――。

「シドニー」

心臓が止まりかけた気がして、シドニーはぱっと振り返った。記憶にあるとおりの姿で、アレクシオが立っている。幻ではなかったと思って、驚きと安《あん》堵《ど》と喜びがごちゃまぜになった。

「ここで何をしているの？」まだ現実だとは信じられず、シドニーはこわごわと尋ねた。

認めるのが癪《しゃく》だというように、アレクシオは口元をこわばらせた。「念のために……戻ってきたんだ」

シドニーはカウンターのほうを示した。「どの便も満席だったの。イギリス対アイルランドのラグビーの試合があるんですって。早くてもあさってまでは家に帰れないわ」

「この空港で足止めか？　それは気の毒に」彼の目には危険なきらめきがうかがえる。

シドニーはこぼれそうになる笑みをこらえた。「航空券を取り直して、どこか泊まる場所をさがすところよ」

アレクシオは片手をズボンのポケットに入れた。ジャケットの前は開いていて、ほれぼれするような立ち姿だ。「たまたま、僕はかなり広いアパートメントをロンドンに持っている。今夜ディナーに付き合ってくれるなら、そこに泊まってくれてもいい。

それから、君が早く帰れるように手も尽くそう」

再び頭の中で警報が鳴り始めたが、シドニーは聞こえないふりをした。二度目のチャンスが来たのだ。彼に電話する勇気などとうてい出ないから、もう会えないと思っていたのに。

シドニーは心を決め、期待と不安を抱えながら未知の世界に足を踏み出した。「あなたの申し出を受けるわ」

アレクシオの目に炎が宿り、頬が紅潮したのを見て、彼女の心臓は跳びはねた。

片手を上げる。「でも、ひとつ条件があるの」

「なんだ?」彼は急《せ》かすように尋ねた。

「私があなたに食事をごちそうすることよ……泊めてもらうかわりに」預金通帳の残高が頭をよぎった。この数カ月でパリとダブリンを何度も行き来しなければならなかったせいで、クレジットカードも限度額いっぱいまで使っている。「手ごろなイタリアンでもかまわないならね。私にごちそうできるのはそれくらいだわ」

アレクシオに肘をつかまれて見つめられると、シドニーは息をするのも忘れた。「家で食事をしてもいい。それなら、どちらが支払うのか気にしないですむ」

「でも……」口ごもっているあいだに、シドニーは彼にうながされ、車の後部座席に乗りこんでいた。

反対側のドアから乗ってきたアレクシオは、いかにも頑固そうな顔でシドニーを見つめた。

「わかったわよ、それでいいわ」シドニーは反抗的に言った。「でも、私が感謝しているのはわかってほしいわね」

アレクシオが外国語で何かを命じたとたん、運転席と後部座席のあいだの仕切りがするすると上がった。それから彼はシドニーのセーターをつかみ、頭から脱がせた。さらに髪をほどき、肩に落ちるようにして、眼鏡も奪い取った。

シドニーはアレクシオの手をたたいた。「何のつもり？」大声で怒るべき場面なのに、全身がぞくぞくするあまり、その程度しか言えないのが情けない。

彼はシドニーの顔を両手で包んだ。「このほうがずっといい」ささやくように言い、顔を近づけて唇を奪った。

シドニーは喉の奥でうめいた。最初のキスが終わった瞬間からもう一度唇を重ねたいと願っていたので、考えるのをやめて、アレクシオ・クリスタコスというファンタジーにひたることにする。

大きなビルの前で車が停まったとき、シドニーは息を乱し、うずく体と満たされない気分を持て余していた。ネクタイをほどいたアレクシオも、シドニーと同じく熱に浮かされたような顔をしている。

「一緒に来てくれ。用事があるから、少し待っていてほしい」

うまく口が動かず、すぐには声を出せなかったシドニーは、無言でうなずいた。後部座席で情熱的なキスをするあいだに、決して消えないつながりが生まれたような気がして、彼の姿が視界から消えることがいやでたまらない。

ビルの中に入るとき、アレクシオは手をつないでくれたけれども、シドニーはふと鏡を見たとたん、びくっと体を引きつらせた。アレクシオが彼女を見て、問いかけるように眉を上げる。

シドニーは真っ赤になった。「ひどい格好だわ」

彼は彼女の全身に視線を走らせた。「なんの問題もない」

しかし、安物のタンクトップにジーンズ、スニーカーという格好のシドニーは場違いだった。受付係のブロンドの美女が、砂漠にいても凍りつきそうな視線をよこしたことからもよくわかる。

エレベーターを降りたところでは、人々がアレクシオを待ち構えていた。ひとりがジャケットとコートを受け取り、もうひとりが書類を渡す。さらにもうひとりが、電話で誰かに彼の到着を知らせる。それから、別のひとりがシドニーのそばに来て、気づかうように言った。「ミス・フィッツジェラルド、よろしければこちらへ。落ち着いてお待ちになれるところへご案内します」

シドニーは途方に暮れたようにアレクシオを見たが、彼はついていけというように手を振っただけだった。心はもうよそに飛んでいるらしい。

案内係の若い女性のあとについて、シドニーは毛足の長い絨毯《じゅうたん》の廊下を歩いていった。壁のクリスタコス社のロゴが目に入ったとたん、顔から血の気が引く。このビル全体が彼のものに違いない。

きちんとしたパンツスーツを着て黒髪を後ろでまとめた女性は、広々としたオフィスにシドニーを案内した。大きな窓からは、ロンドン全体が見渡せるようだ。

女性の話し方にはギリシア語らしきアクセントがあった。「何かお飲み物をお持ちしましょうか？」

「ええと……紅茶をいただけますか？」

「かしこまりました。少々お待ちください」

オフィスにはアレクシオの男らしくて、セクシーな香りがほのかに漂っていた。深く息を吸いこんでから、シドニーは窓辺に行った。

テラスに出るためのドアがあったので、そこから外に出た。すばらしいながめに、数時間前に出会ったのがどんな男性なのか、シドニーは改めて実感した。彼は世界に君臨する王者のひとりなのだ。

「ミス・フィッツジェラルド？」

先ほどの女性がトレイを持って立っている。シドニーは慌ててトレイを受け取った。「あとはひとりで大丈夫です。ありがとうございます」

「何かご用がありましたら、私は廊下の先にいますから。ミスター・クリスタコスはそう長くお待たせしないと思いますよ。会議を早く終わらせたいと言っているのを聞きました」

胃が引っくり返りそうだ。私のためかしら？　シドニーがうなずくと、女性は出ていった。アレクシオのデスクの椅子に座る気にはなれなかったので、部屋の反対側にあるコーヒーテーブルにトレイを置く。紅茶をつぐとき、手が震えているのに気づいた。

ああ、私は何をしているの？　アレクシオ・クリスタコスのオフィスで、彼を待っているなんて。あの飛行機の中で、もし私が本に顔をうずめていたら、彼は目もくれなかったはずだ。今すぐここを出ていくこともできる。車の中から荷物を取って、ロンドンの雑踏にまぎれてしまえば、おそらくアレクシオとはこれっきりになるだろう。しかし、シドニーはそうしたくなかった。

自分の身を第一に考えることには慣れていないせいで、新しい上着を着たときのように落ち着かない気分だった。叔母のジョセフィンの顔が頭に浮かぶ。でも、叔母は旅行中だから、私がここにいられない理由にはならない。

シドニーは頭がくらくらするほどの自由を味わっていた。あのすばらしい男性をあと少しだけよく知るチャンスを与えられたなんて。彼女は深呼吸をして、鼓動を静めようとした。関係はひと晩で終わりだ。そして、私が求めているのもそれだけ。だったら傷つくことなく、今回の冒険を終わらせることができるはず。


いつになく会議を短く終わらせたアレクシオは、オフィスに急ぎながらネクタイをゆるめた。空港を出たあと、引き返せと運転手に命じたときには、われながらとんだ大ばか者だと思ったものだ。しかし、ターミナルビルに戻ってもう一度シドニーに会いたいという衝動は抑えられなかった。

するとシドニーは僕の名刺を見つめ、途方に暮れたようすで立っていた。そして今は僕のオフィスにいる。アレクシオは歯を食いしばって、体の反応を抑えた。会議に集中するのは至難の業だった。オフィスにシドニーの姿はなく、アレクシオの全身の血は凍りついた。

しかし、テラスのドアが開いているのに気づいて、心臓が再び動き出した。外に出ると、手すりにもたれて景色をながめている、ほっそりとしたシドニーの姿が見えた。アレクシオはその後ろに立ち、彼女を包むようにして、手すりに両手をついた。

シドニーはぎょっとしたようだ。「びっくりした」

彼女の胸が高鳴っているのがわかる。それとも高鳴っているのは僕の胸だろうか？　丸みのあるヒップがちょうど大事な部分に押しつけられる格好になり、彼はもはや反応を抑えておけなかった。

シドニーはアレクシオの腕の中で身を硬くしている。「会議はあまり長くかからなかったのね」

アレクシオは彼女の長い髪をそっと払い、首がよく見えるようにした。これほどきれいな髪を束ねるのは犯罪だ。身をかがめて耳の下に唇をつけると、たちまち彼女は小さく震えて腰をくねらせ、アレクシオはもう片方の手をまわした。

ああ、できることなら今ここで奪ってしまいたい。わずかに身を引き、アレクシオははやる気持ちを制した。「大事な用ができたと言ったんだ」

腕の中で、シドニーがくるりと身を返した。欲望の証《あかし》に、やわらかなおなかがあたる。「アレクシオ……」

彼は海の色をした目を見た。「うん？」

「今夜あなたのところに泊まっても……あなたとベッドへ行くわけでは……」彼女は唇を噛んだ。「行きたくないとは言わないけど、そういうのはいやなの。つまり、その……泊めてもらう代償として体を差し出すようなまねは。それなら、安いホテルかどこかをさがしたほうがいいわ」

アレクシオはシドニーの顎に手を添えた。今夜、彼女は僕と寝る。お互いにわかっていることだ。

「君の考えは尊重するよ。しかし、安いホテルに泊まる必要はないし、部屋代として体を差し出すことも期待していない。もし僕と寝るとしたら、君がそう求める場合だけだ。僕たちは大人なんだ、シドニー。なんのしがらみもないんだから、好きなように自由に行動すればいい」

シドニーは浅い息を繰り返している。胸が上下するのが伝わってきて、アレクシオはうなり声をもらしたくなった。

「ええ……でも、それは今夜限りのことで、そのあとはもう二度と会わないでしょう……。一夜だけの情事には慣れていないの。私たち、お互いのことをほとんど知らないのよ」

アレクシオはシドニーの唇の端に軽くキスをした。

「僕はもう自分の秘書より、君のことをよく知っている。それに、早くてもあさってまでは飛行機のチケットは取れないと言っていたはずだ。だから、ふた晩は一緒にいられる。未来のことは誰にもわからない。君は考えすぎだよ。大事なのは、今夜だ」

アレクシオのアパートメントはシドニーの予想とは違っていた。洒落《しゃれ》たペントハウスを思い描いていたが、実際には古い煉瓦《れんが》造りの建物を改装していて、テムズ川のながめが最高だった。

窓は大きく、壁は煉瓦で、現代的な家具が古風な建物によく合い、抽象画と白黒写真が飾られている。内装はいかにも男らしいが、冷たい感じはしない、居心地のいい部屋だ。

腕を組んでこちらを見ているアレクシオに気づい

て、彼女は頬を染めた。「考えていたのとは違ったわ。てっきりもっと……」

「無機質で味気ない部屋じゃないかと思った？」アレクシオは手で胸を押さえた。「傷ついたな。だが、これを見れば、君のほうが正しいと証明されるかもしれない」

シドニーの手を引いて、アレクシオはリビングルームに入った。そこはまるで紳士のクラブで、ビリヤード台が置いてあり、アンティークのバーカウンターがしつらえられている。後ろにある大きな鏡の効果で、部屋全体が妖《あや》しくきらめいて見えた。

彼女はほほえんだ。「ええ、このほうがあなたらしいわ」

バーカウンターの前にシドニーを連れていくと、アレクシオはその奥に引っこみ、冷えたシャンパンとグラスをふたつ持って戻ってきた。

シドニーの肌はぞくぞくした。

アレクシオが眉を上げる。「食前酒で君を誘惑できるかな？」

ロンドンを見渡せる大きな窓の外では日が暮れようとしていたけれど、シドニーは一日が終わりかけていることに今まで気づかなかった。

考えすぎるのはやめようと決めて、ベルベットのスツールに腰かける。「いただくわ。ありがとう」

難なくコルクを抜いて、アレクシオは金色に輝くシャンパンをグラスについだ。最高級の銘柄だったが、シドニーはラベルに目を向けなかった。

考えてはだめ。楽しむのよ。

アレクシオはシドニーにグラスを渡してから、カウンターをまわってきて、彼女の目の前に立った。もし私が脚を開けば、彼はそのあいだに立つだろう。シドニーの脈は乱れた。

しかし、彼はただかちりとグラスを合わせて言った。「僕たちふたりに乾杯だ、シドニー。今日は付き合ってくれてありがとう」

シドニーは緑色のまなざしから目をそらせなかった。「乾杯……こちらこそ、いろいろとありがとう」

ふたりともグラスに口をつけ、シドニーはシャンパンの泡が喉をくだっていく感覚に目を丸くした。ふわふわと体が浮くようだ。そして、アレクシオが再び手を取ると、そのしぐさをいとおしく思った。

スツールから立つように、彼はそっとシドニーをうながした。「中を案内しよう」

リビングルームを出て、まずはキッチンに入った。ここにもしっかりと生活感がある。

「料理はできるの？」ふと気になって、シドニーは尋ねた。

アレクシオは肩をすくめた。「自分が食べる分くらいなら。ディナーパーティに出したいとまでは思わないが」

不安を隠すために、シドニーは冗談めかして言った。「今日は何を出してくれるの？　豆とか？」

「ロンドン一のシェフを呼んである。一時間後には到着して、僕たちに腕を振るってくれる予定だ」

「えっ？」シドニーは言葉を失った。誰と一緒にいるのか、つかの間忘れていたのだ。

次に向かったのは中二階で、部屋はすべてガラスで仕切られているので、境目がないように見える。左手の部屋に案内されると、白いカバーで覆われた大きなベッドにシドニーのバッグが置いてあり、窓からはテムズ川が見渡せた。部屋専用のバスルームは素朴な雰囲気だが、設備は最新だ。洗面台がふたつに広々としたシャワールームもあり、大きなバスタブはアンティークらしい。

「すごいわ」シドニーはかすれた声で言い、無意識のうちにアレクシオの指に指をからませた。

その動作にアレクシオが応えると、シドニーは彼を見つめた。

「ここが君の部屋だ、シドニー。さっきも言ったとおり、君が僕と寝て当然だとは思わないが……求めていることは否定しないよ」

率直な言葉で、駆け引きはない。彼がシドニーを求めているという言葉には、飾りけがないからこそ力があった。

心を震わせて、シドニーは答えた。「わかったわ……ありがとう」

客用寝室を出る前に、アレクシオはガラスの仕切りに白いカーテンを引く方法を教えてくれた。廊下の先に見えたほかの部屋は、きっとアレクシオの寝室だ。さらに広いそこは、余計なものは何も置かれていないが、家具の趣味はいい。巨大なベッド、椅子、チェスト。ながめもすばらしく、専用のバスルームは黒いタイル貼りで、いかにも男らしかった。

さらに違う部屋をふたつと、ハイテク機器がそろったオフィスも、シドニーは見せてもらった。

「ロンドンはアテネに次ぐ僕の拠点なんだ。たいていはそのどちらかにいる」

バーカウンターに戻ったシドニーは、またスツールに腰かけた。アレクシオはグラスにおかわりをつぎ、どこかから苺《いちご》のボウルを取り出した。シャンパンにひたした苺を渡され、甘い香りと味が口の中で広がるあいだ、アレクシオの視線を口元に感じて、シドニーは今にもとろけそうだった。何をどこまで許すのか、いずれ決めなければならないのはわかっているし、アレクシオはそのときを待っている。とはいえ、先ほど私の考えを尊重すると言ってくれたのは彼の本心だったはずで、プレッシャーはかけられていない。もっとも、そんな必要はないけれど！

たわいのない話をするうちに夕闇が迫ってきて、シドニーは自分の気持ちがどんどん傾いていくのを実感していた。越えたくなかった一線がぼやけ、いつしかそこを飛び越えたくなっている。

しばらくして、アレクシオは腕時計に視線を落とし、顔をしかめた。「着替えておきたいな。もうすぐシェフが来る時間だ」

言われてみれば、体がべたついている。シドニーはうなずいた。「もしよかったら、私もシャワーを浴びたいわ」

「じゃあ、二十分後にまたここで」

「わかったわ」シドニーはスツールから立ちあがった。短い時間でも、ひと息つけるのがうれしい。今でもまだ、アレクシオと一緒にここにいることが信じられなかった。

窓から見えるロンドンブリッジでは車が渋滞しているが、現実の世界から切り離されたようで、シドニーは気分がよかった。叔母のジョセフィンも心配事を忘れて旅行を楽しんでいるし、今だけは責任を忘れることができる。

ぼうっと外をながめていたことに気づき、シドニーは慌てて動き始めた。荷物を取り出し、バスルームに向かう。

バスタオルを体に巻いて出てきたあと、シドニーは唇を噛み、選びようのない服を見おろした。ジーンズとTシャツばかりだ。弁護士と会うための服は持ってきていたけれど、黒のシャツと黒のスカートはウエイトレス用の制服だから、葬儀に行くようにしか見えない。

しばらく前から、きれいな服を買う贅沢《ぜいたく》は許されなくなっていた。父が四苦八苦していたので、少しでも価値のあるものはすべて売り、学費のたしにしてしまった。

アレクシオはいかにも女らしい女性たちに慣れているはずなのに、私はなんて野暮ったいのかしら。大きくため息をついて、シドニーは黒のジーンズと肩にスパンコールのついたTシャツを選び、バックベルトのハイヒールをはいて鏡の前で姿をながめた。

このアパートメントにそぐわない格好を埋め合わせるために、洗ったばかりの顔に軽くメイクをする。

また髪を束ねたくなったけれど、先ほどアレクシオにほどかれたことを思い出した。あの長い指が髪に触れたときの記憶がよみがえり、下ろしたままにしておくことにする。私の心構えができるまで、彼をその気にさせるような行動は控えよう。とはいえ、アレクシオほどの男性が相手では、いつまでたっても心構えなどできない気がする。

見知らぬ他人同然の男性にやすやすと惹《ひ》かれるのは恐ろしかった。でも、心は同じくらい浮き立ってもいる。なんだか、誰も制御していないジェットコースターに乗っているみたいだ。

4

アレクシオは視界の端で何かが動くのに気づき、ワインをつぐ手を止めて顔を上げた。そのとたん、心臓が止まりそうになる。

階段の下で、シドニーが両手をしっかり握って立っていた。体にぴったりした黒のジーンズと先の尖《とが》った靴をはいていて、グレーのTシャツの肩のところでは何かがきらめいている。髪を上げていないのは、下ろしたほうが僕の好みだと知っているからか？　肩のところで跳ねている毛先は、きらきらと輝いているようだ。

ひと目で安物の服だとわかるのに、アレクシオはまたもやシドニーのありのままの美しさに胸を打たれていた。一度は彼女をあきらめかけたことが信じられない。はいているジーンズがきつく感じられて、アレクシオは歯を食いしばり、暴走気味の欲求を抑えつけた。そして、ワインのボトルを置き、シドニーのほうへ歩いていった。彼女の頬がみるみる赤くなるにつれて、アレクシオの興奮も増す。まるでふたりは何かで結びついているように、まったく同じリズムで動いている。この女性と愛し合ったらひと晩ではたりないと直感していたが、アレクシオは考えまいとした。そこには鳥肌が立つほどの危険がひそんでいるからだ。

シドニーは緊張した面持ちで自分の服装を示した。「おしゃれなディナーに行くような服は持ってきていなくて。目をつぶってもらうしかないわ」

アレクシオは彼女の手を取った。「ゆっくりくつろいでくれ。僕もたいした服は着ていない」

視線を落としたシドニーは、アレクシオの白いTシャツと色褪《あ》せたジーンズを見た。足元は裸足《はだし》だ。顔を上げた彼女は、目を大きく開き、さらに頬を上気させていて、僕を求めていると彼は思った。

キッチンの物音を聞きつけて、シドニーが言う。「二十分後の約束に遅れてしまったかしら?」

アレクシオはほほえんだ。「多少ね。だが想定ずみだ。女性は男を待たせるものと決まっている」

たちまちシドニーは目の色を変え、つんと顎を上げた。そして手を引き離そうとしたが、アレクシオは許さなかった。彼女に触れていたかったし、触れずにはいられなかった。

「そんなふうにきっぱり言えるなんて、ずいぶん大勢の女性を知っているのね」

アレクシオの笑みが消えた。きつい言葉の裏に不安が隠れているのに気づいて、シドニーの顎を撫《な》でる。「僕は修道士じゃないが、マスコミが書き立てるような遊び人でもないんだ。恋人を作るときにはいつでも正直に話している。僕はお互いの喜び以上のものは望まない。それから、今は決まった相手はいない」

シドニーは心を貫きそうなほどまっすぐなまなざしで、アレクシオを見つめた。「わかったわ」そう言って、口元をほころばせる。

ディナーなどどうでもよくなり、彼はすぐさま彼女を肩に担いで、二階に連れていきたくなった。

そのとき、シドニーがさらにほほえみ、身をかがめた。ハイヒールが床に放り出され、彼女の身長が三センチほど低くなる。「あなたが靴をはいていないなら、私だけが苦痛に耐える必要もないわよね」

アレクシオは衝動に負ける前に、シドニーをダイニングルームに連れていった。ふたりのディナー用にテーブルの用意がされている。仕上げはキャンドルで、そばの窓からはロンドンの夜景が見渡せた。

シェフの助手が最初の料理を出すと、アレクシオは言った。「ありがとう、ジョナサン。給仕は自分たちでできると思う。ミシェルにもよろしく伝えてくれ」

若い男はすぐに出ていった。こういうディナーは、アレクシオにはめずらしいことではない。女性だけでなく、ビジネスの相手を自宅に招く場合もある。しかし、今夜はいつもと違うように感じられた。シドニーが何を見ても目を丸くしたからだ。

「君が菜食主義者だというのは冗談だと思ってね」

アレクシオは皿のふたを取った。カモのコンフィを見て、シドニーが目をきらめかせる。愛し合うときにも、同じ目をしてくれるのだろうか。

シドニーはばつの悪そうな顔でアレクシオを見た。「あなたが肉を食べるあいだ、レタスで我慢することにならなくてよかったわ」

「念のため、菜食主義者用のメニューも用意させていたが……とにかく、君が何を言おうと、僕が引き下がらないことがわかっただろう?」アレクシオは彼女の向かいに座り、ワインのグラスをかかげた。

「ヤマス」

シドニーもアレクシオにならい、ギリシア語で〝乾杯〟と言った。

〝君が何を言おうと、僕が引き下がらないことがわかっただろう?〟アレクシオの穏やかな声は、頭の中でまだこだましている。彼はデザートの皿を下げるためにキッチンへ行ったところで、シドニーはテラスで手すりにもたれていた。

食事はとてもおいしかったけれども、正直に言えば、何を食べたのか覚えていない。ディナーの相手のカリスマ性と、食事中の会話に魅了されていたせいだ。飛行機の中でもそうだったが、ふたりの話は尽きることがなかった。ただときどき、自分がどこに誰といるのか思い出すたび、シドニーははっとした。アレクシオとはほんの数時間前に出会ったばかりなのだ。本当なら、私は今ごろダブリンにいて、人生の立て直しを始めていたはずなのに。

ジーンズとTシャツという姿で階段を下りていったとき、どんな視線を向けられたか思い出すと、今でも縮こまりたくなる。彼もカジュアルな格好だったけれど、気休めにもならなかった。ジーンズと白いTシャツのアレクシオを見たとたん、シドニーはその場でとろけそうになった。そういう格好でも、彼はあか抜けて、品がよかった。

もっとも、気まずい思いをさせられたわけではない。ただ、興奮をかき立てられただけだ。

キッチンから物音が聞こえて、シドニーが振り返ると、アレクシオが食器洗浄機に皿を入れていた。信じられない。シドニーは中に戻って、片づけを手伝った。

「コーヒー? それともリキュールにするか?」

そうきかれたとき、シドニーは最後の皿を洗浄機に入れ、扉を閉じたところだった。食事中に気持ちは固まっていた。〝決まった相手〟がいないとはっきり言ってもらえたことが決め手になった。私にもそういう相手はいない。人生が一変し、大きな責任を負っている今、恋人を作ることはできなかった。

ディナーのあいだに、シドニーは母の好きだった香水の名前を思い出していた。ス・ソワール・ウ・ジャメ――今宵《こよい》こそ。つまり、今夜が最初で最後のチャンスという意味だ。夜がまたたく間に過ぎていくあいだに、私もチャンスをつかみたい。これほどまでに男性を求めるなんて、めったにないのはわかっている。きっと一生に一度の出来事だ。

シドニーは振り返り、カウンターにもたれて、アレクシオを見あげた。私ったら本気なの？　体の奥の震えが答えた。ええ、この男性と一夜を過ごしたい。そして、ひと晩だけ現実を忘れたい。

しかし、あなたとセックスがしたいと宣言せずに、アレクシオのような男性に望みを伝えるにはどうすればいいの？　そのとき、シドニーはふとひらめいた。「リキュールをいただくわ。ところで、私はビリヤードが得意だって話したかしら？」

アレクシオは首を振った。「いや、初耳だね。ディナーのあいだはいろいろな話をしたが、ビリヤードの話題は出なかった。むしろ君はあの手この手で、僕の成功の秘密を聞き出そうとしていたな」

シドニーは笑みとため息がもれるのを抑えた。こういう男性にはいつも警告の看板をつけておくべきだ。〝危険！　近づきすぎると火傷《やけど》の恐れあり〟と。でも、もう手遅れだ。これから夢の一夜に飛びこまなければ、それこそ後悔の炎で焼かれるはめになる。

「そう。実は私、地元の大学のチャンピオンなの。ひと試合申しこむわ、ミスター・クリスタコス」

反対側のカウンターにもたれ、アレクシオが腕を組んだ。「おもしろいな、ミス・フィッツジェラルド。その試合には何か条件がつくのか？」

シドニーも腕を組み、わざとらしく大まじめな表情を作った。「もちろん。わたしの条件は単純よ。勝ったほうが、今夜の過ごし方を決めるの」鼓動が激しすぎて、めまいを起こしそうだ。

「ということは、君が勝った場合……」

シドニーはすまして言った。「おもしろい本を持って、ひとりでベッドに入るわ」

「もし僕が勝って……君をベッドに誘ったら？」

「おとなしく結果を受け入れるしかないでしょうね」シドニーは背筋を伸ばし、腕を下ろした。「でも、あなたは勝てないでしょうから、私はもう部屋に下がらせてもらったほうが……」歩き出したとたん、アレクシオに手をつかまれて抱きしめられ、シドニーは息をのんだ。彼のたくましい体が押しつけられて、脚から力が抜けていく。

「そう急ぐな。試合を申しこんできたのは君だ。しかも負けが確実だと言うなら、僕も条件をつけたい。ショットをはずすたび、服を一枚脱いでいくこと」

アレクシオの裸を見ると考えたとたん、全身が熱くなった。「そんなルールってないわ」かすれた声で言うあいだにも、シドニーはリビングルームのほうへうながされていた。

「今できたルールだからね」

ほの暗い部屋に入ったあと、アレクシオはシドニーから離れ、まずはふたりの飲み物をついだ。それからキューを二本取り、一本をシドニーに手渡した。

「レディファーストだ」

シドニーは台をまわった。アレクシオの視線は心地よいけれども、少し怖じ気《おけ》づいてもいた。なぜ試合なんて思いついたの？　彼と一夜をともにするという、どうしようもない欲求に突き動かされたからだ。本当の理由を隠せるわけもないのに。

シドニーはようやく狙いを定め、キューを後ろに引いた。アレクシオは部屋の奥でスツールに腰かけている。長い脚と筋肉質の腿のせいで、気が散ってしかたがない。

「好きなだけ時間をかけていいぞ」

見くだしたような口調に意気が上がり、うまく球を散らすことができた。ひとつめの球がポケットに入ると、シドニーは体を起こし、口元をゆるめた。

「何か言った？」

アレクシオは顔をしかめた。「まぐれだ」

小さな部屋の空気は張りつめている。次のショットを打つ瞬間、シドニーは手が汗ばんでいることを思い出したが手遅れだった。キューがわずかにすべり、ショットははずれた。

ちっちっと舌を鳴らしながらアレクシオが立ち上がり、シドニーの心臓がどきりとする。〝ショットをはずすたび、服を一枚脱いでいくこと〟という言葉を思い出させるアレクシオのほほえみは、まるで悪魔みたいだった。

「どこから始めてもかまわないが、僕としてはTシャツかジーンズを勧めるね」

今度はシドニーが顔をしかめる番だった。もう少し時間がかかると思っていたのに。先にアレクシオを裸同然にして、その姿に慣れる時間を稼げるとも考えていた。しかしいいアイデアがひらめいて、にっこりとほほえみ、まずはブラジャーのホックをはずす。それからストラップを引っ張り出し、Tシャツの袖からブラジャーを腕に落とした。

アレクシオの顔が陰る。「卑怯《ひきよう》だぞ」

「そんなことはないわ。あなたの提案も考えたけど、こっちのほうがいいと思っただけ」シドニーは明るいピンクのブラジャーを手近な椅子に放った。アレクシオはそれを目で追ってから、シドニーの胸に視線を戻した。おかげで彼女は胸が張りつめ、その先端がTシャツに浮き出ているように感じた。

グラスを置き、アレクシオがゆっくりと立ち上がった。シドニーは腕を組んだが、彼の目が見開かれると、これではかえって胸元が強調されてしまうことに気づいて、慌てて腕を下ろした。

アレクシオはいかにもしぶしぶとシドニーから目を離した。これほどすてきな男性に求められていると思うと、女として自信がわいてくる。しかし、近づいてきた彼が台にかがみこんだとたん、シドニーは目を奪われた。引き締まったヒップに視線が吸い寄せられてしまったのだ。

球をヒットさせたものの、ポケットに落とすことはできず、アレクシオは振り返った。「まいったな」すぐにTシャツを脱ぎ始める。

彼の胴が見えるにつれ、シドニーの口の中は乾いていった。すべてがあらわになったときは、膝の力が抜けそうになった。

なんてすばらしいの。筋肉は美しく、肩幅は広い。アレクシオがはいている股上の浅いジーンズのボタンに手を伸ばすのをこらえるために、シドニーはこぶしを握った。ジーンズの前が盛り上がっているのが目に入って、息をのむ。

「君の番だ」その声はかすれていた。

アレクシオが台からどいて背を向けた瞬間、シドニーは目を見開いた。彼は後ろ姿も美しく、広い背中はなめらかだった。アレクシオはカウンターの前で振り返り、そこにもたれて眉を上げた。

シドニーはどうにか台に目を戻した。もうどうしていいかわからない。ビリヤードに自信があるのは本当だ。ふつうにプレイすれば、アレクシオを負かすことができるのはわかっている。でも、今は……まったく頭が働かない。ようやくショットの方向性が決まったものの、半裸の彼の姿を脳裏から振り払うことはできなかった。

案の定、シドニーはショットをはずした。動いた瞬間、アレクシオも動いたからだ。体を起こして、彼女はアレクシオをにらんだ。「あなたこそ卑怯だわ」

彼はそ知らぬ顔をしている。「なんのことだかわからないな」そして、熱のこもった目でシドニーを見つめた。「Tシャツかジーンズだ、シドニー。ジーンズを脱がずに、下着だけを脱ぐ方法があれば別だが」

そんな方法があるわけはない。選択肢はひとつだ。アレクシオの前で胸をさらす気はないから、ジーンズを脱ぐしかなかった。彼の視線を避けて、シドニーはジーンズを下ろした。ショーツはごく平凡な白の花柄だ。

シドニーがジーンズを丁寧にたたみ、ピンクのブラジャーの近くに置くのを、アレクシオは見つめた。そのしぐさは妙にか弱さを感じさせ、胸をつかれた。

そんな感情を隠すために、アレクシオはTシャツの下でそっと揺れるシドニーの胸に目を向けた。形がよく、張りがあって、美しい。

ヒップは小さいが、女らしかった。かわいらしい花柄のショーツだけ見れば、バージンかと思うところだが、シドニーのまなざしは男を知らない女のものではなかった。それでいい。ふたりが肌を重ねるときが来たら、僕はゆっくりと手順を踏めそうにないからだ。

目に見える形で現れている欲望を悟られずに立ち上がることはできなかったので、アレクシオは言った。「なんなら、もう一ショット打ってもいいぞ」

シドニーはきっぱりと言い返した。「私が脱ぐのは今ので最後よ」キューを取り、Tシャツと下着だけの姿で台をまわってきた。

アレクシオはかつてないほど興奮し、体に触れてもいないのに、今にも達してしまいそうになった。

シドニーはアレクシオの目の前で背を向けて立ち止まった。ショーツとTシャツのあいだからは白い肌と腰のくびれがのぞいていて、彼はうめき声をあげそうになった。

台に乗り出した彼女がキューの狙いを定めるために脚を広げたとき、わずかに残っていた自制心は砕け散った。アレクシオはシドニーを後ろから抱きしめ、驚きの声を無視して、キューを取り上げた。

「ずるいわ。ルール違反よ。妨害行為だわ」

「ルールなんかどうでもいい」アレクシオはシドニーの体の向きを変えさせた。彼女の目は深い青に染まっている。「君の勝ちでいい。没収試合だ」

シドニーは見るからにがっかりしていた。自分で仕掛けた罠《わな》にはまったと考えているのは明らかで、アレクシオは勝利の雄叫《おたけ》びを上げたくなったが、最後までゲームに付き合うことにした。

「君はベッドで本を読むつもりだったな？」

シドニーはおずおずと言った。「教科書以外の本は持ってきていないの」

アレクシオはわざと顔をしかめた。「それは残念だが……僕が君の気を変えられるかもしれない」

「どうやって？」

シドニーの息は浅くなっていた。Tシャツに包まれた胸が、アレクシオの裸の胸をくすぐる。

「こうやってだ……」

彼女を抱き上げて台の端に座らせたアレクシオは、開かれた脚のあいだに立った。両手で顔を包み、唇を奪うと、たちまちその甘い味に溺れた。

シドニーはアレクシオの広い肩にしがみついた。彼は私が求めているものをわかってくれた。

本能的に、シドニーは腿でアレクシオの体をはさんだ。ざらざらしたデニムの感触が心地よい。ふたりの舌がからまると、彼女の脚のあいだは震えていた。

大きな手の片方が顔を離れ、Tシャツの下にもぐりこんでいく。気づかないうちに、シドニーはTシャツを脱がされていた。

めまいがしそうだ。グレーのTシャツがアレクシオの後ろにあるスツールにかかっているのがぼんやりと見えたとき、シドニーはショーツ一枚という姿だった。

アレクシオは胸のふくらみに熱い視線をそそいでいる。男性の前で裸になるのは初めてではないけれども……シドニーは以前とは違う感覚を味わっていた。体の内側から火がついたようで、彼に触れてほしくてたまらず、痛いほどに胸がうずいている。

「きれいだ」

シドニーは首を振り、お世辞はいらないと言いかけた。そのときアレクシオが身をかがめ、胸の先端に口づけをしたので、彼女は息をのんだ。

高まる欲求に突き動かされて、シドニーは背をのけぞらせた。アレクシオがもう片方の胸に唇を移し、同時に脚のあいだに手を入れると、どこよりも敏感なところに触れられて、彼女はあえぎ声をもらした。指がショーツの中に入ってきて、いちばんうずいていた場所を撫で始めたとき、シドニーの息は完全に止まった。

クライマックスが近づいている。全身の脈動が一点に集まって……しかし、アレクシオはふいに身を引き、体を起こした。「ここではだめだ」その声はかすれ、息は乱れている。

「何が――」

尋ねる間もなく、シドニーはアレクシオに抱えられていた。彼は大股に階段のほうへと歩いていて、シドニーは自然とその首に腕をまわした。するとふたりの胸が触れ合い、強烈な快感を生み出す。

「最初にひとつになるのにビリヤード台はいやだ。君を押し倒して、くまなく味わうことを一日じゅう願っていたんだ。そうするにはベッドでないと」

彼が願っていたと思うと、シドニーの全身の血はわき立った。それに、彼は〝最初〟と言った。一度で終わりではないということだ。

アレクシオは薄暗い寝室に入った。明かりは部屋の隅のぼんやりした光と、街のきらめきだけだ。

ベッドに下ろされ、前にアレクシオが立ったとき、シドニーはまた息もつけなくなった。体は爆発寸前まで高ぶっていて、すぐにも頂点を越えたかったけれど、そう早く終わるとは思えなかった。

心を読んだように、アレクシオがかすれた声で言う。「君がほしくてたまらない。今すぐに、激しく抱きたいところだが……」

シドニーには激しいセックスの経験などなく、平凡で期待はずれに終わるのが常だった。もう裸なのに、なぜか改めて恥ずかしくなり、彼女は小さな声で言った。「私はかまわないけど……」

アレクシオは首を振り、自分のジーンズに手をかけた。「それほど簡単にはすませないぞ。ビリヤードでさんざん焦らされたからには」

シドニーはアレクシオの手元から視線を離せなかった。彼がボタンをはずし、ジーンズと下着を一緒に下ろすと、目を見開く。この人は……すごく……。

彼女はこわごわとアレクシオの顔を見あげた。

その驚きの表情を見て、アレクシオの顔をしかめた。彼はわずかに顔をしかめた。「これも、今すぐにできない理由だ。君が楽に僕を受け入れられるようにしたい。痛い思いはさせたくないんだ」

気づかいを見せられて、シドニーの胸は締めつけられた。頭はぼうっとしているけれども、どこかから危険、危険、と小さな声が聞こえる……。

かがみこんだアレクシオは、大きな手に似合わずすばやい動きで、シドニーのショーツを脱がせた。

彼が身を起こして再び視線をそそぎ、シドニーは体を隠したくなった。過去の恋人と比べているの？　まだ私を求めてくれている？　それともがっかりした？　まなざしに耐えられず、シドニーは胸を手で覆って顔を背けた。マットレスがたわみ、隣に横たわったアレクシオがシドニーの体に腕をまわす。

「恥ずかしがらなくていい」アレクシオはシドニーの顎に触れ、彼のほうに顔を向けさせた。「君はきれいだ。こんなにも誰かを求めたのは初めてだよ」

シドニーは不思議な色合いの目を見つめ、偽りの証拠をさがした。しかし目的のものは見つからず、ほかの何かに気づいた。一瞬だけちらりとのぞいたのは、自分の言ったことに驚いたような彼の表情だ。心を奪われそうになり、そんな自分が怖くなった。

ふと、また考えすぎているのに気づいて、シドニーはアレクシオの顎に触れ、キスをせがんだ。わかっているのは、彼がほしいということだけだ。

抱き寄せられ、体をぴたりと触れ合わせたとき、欲望の波が押し寄せてきて迷いを洗い流した。すぐにひとつになりたい。アレクシオがほのめかしたように、おあずけを食わされるのは耐えられない。またもや、シドニーの心を読んだらしく、彼が顔を上げた。「もう待てない。君がほしい」

シドニーは体勢を変えて、自分の脚のあいだにアレクシオの脚が来るようにした。受け入れる準備ならもう充分すぎるほど整っている。腿に体をこすりつけると、彼の目に炎が燃え上がった。

「待たないで。私もあなたがほしいの」

ベッドの横の小さなキャビネットに手を伸ばし、アレクシオは何かを取り出した。彼がその包みを開けたとき、中身がなんなのかシドニーにもわかった。

シドニーを仰向けにしたアレクシオは、覆いかぶさるようにして脚を開かせた。そのあいだに指で触れると、彼女は膝を立てて頬の内側を噛《か》んだ。

指が離れると、今度こそアレクシオが入ってきて、ゆっくりとシドニーを奥へ奥へと押し広げていく。下から見あげるアレクシオは神々しく、たくましい肩も汗のにじんだ胸もすてきだ。彼はすべてをさらせというように、シドニーの脚をさらに開かせた。

何かが起こっている。はっと目の覚めるような感覚がある。セックスの経験はあるけれど、これはまったく感じが違う。まるで別物だ。じれったいほどゆるやかな動きで、アレクシオは深く身を沈めていて、慣れる時間を与えてくれている。そして一瞬たりとも目を離さず、シドニーは彼の体がいっそう張りつめていくのを感じた。

「ああ……君はかなりきついな……」

とっさにシドニーは腰を浮かせて、アレクシオを迎え入れ、次の瞬間にあっと声をあげた。とうとういちばん奥まで入ったのがわかったのだ。

「大丈夫か？」

言葉は出てこなかったけれども、シドニーはうなずいた。大丈夫どころではない。アレクシオとこうして結ばれていると、欠けていたところが満たされたようだ。

アレクシオはふたりのつながりを確かめるようにゆっくりと動き始めた。シドニーの中で再び嵐が吹き荒れ、彼が奥まで入ってくるたび、そのさらに奥で何かが募っていく。彼の動きが少しずつ激しくなるころ、気づけば、シドニーはあえぎ声をあげていた。ふたりのリズムは速度を増している。アレクシオは両手でシドニーの頬を包み、指に髪をからませながら、動きを止めることなく唇を重ねた。

舌をからませつつ、シドニーはアレクシオにしがみついた。互いの鼓動が共鳴している。

アレクシオの腰に脚を巻きつけると、自分でなんとかできるものは何もなくなった。まるで魔法にでもかかったようだ。ふいに、シドニーはびくっと体を震わせた。とてつもない快感の波に襲われ、その波に乗って、夢にも思わなかったようなところへ押し上げられていくのがわかる。

数秒後、唇を離したアレクシオが叫び声をあげて、みずからを解き放った。

快感の余韻の中、シドニーは自分が震えていることに気づいた。怖くなって、アレクシオから離れようとしたが、逆に抱き寄せられる。そうして彼は、震えが収まるまで抱きしめていてくれた。シドニーは今の体験にただただ圧倒されていた。彼が少しだけ身を引いて顔をのぞきこんだときも、彼の顔を見られなかった。まだ明かすつもりのないことまで見透かされそうで怖かったのだ。

「シドニー？」

ようやくアレクシオを見た彼女は、熱いまなざしに、たちまち体がとろけそうになった。すぐにもまた彼がほしくなったことが、ひどく恥ずかしかった。

アレクシオは眉間にしわを寄せ、上半身を起こして、マットレスに肘をついた。「痛かったのか？初めてではなかっただろう？」

シドニーも肘をつき、うなずいた。前に落ちかかる髪をそっと払ってくれた彼のしぐさに勇気づけられ、かすれた声で認める。「男性と付き合ったことはあるわ。大学で。でも、こんなふうじゃなかった。私、初めて……」口をつぐんで、シーツを見つめる。

「初めて……達したのか？」

彼女は首を振った。「違うの。その……達したことはあるけど、セックスのあいだにはなかった。男性と一緒にいるときには」

彼は声をひそめた。「つまり、君は……」

「そう、ひとりでするときだけだったの」恥ずかしいのを通り越して、シドニーはアレクシオをにらんだ。「この話はもうやめない？」

シドニーは上掛けを引き上げようとしたが、アレクシオに抱き寄せられた。彼の体がもう回復していることが感触でわかって、目を丸くする。

「話してくれてうれしいよ。ばかな野郎どもだ」

恥ずかしさがしぼんでいき、シドニーはもう一度快感の余韻の中を漂った。どこもかしこも感じやすくなっているけれども、うずきは満たされている。

やがてアレクシオはシドニーをシャワーへとうながし、そのすぐ後ろからついてきた。

熱いシャワーを浴び、アレクシオの泡だらけの手で洗われるのはまさに至福だった。手の動きはそれほど積極的ではなかったけれども、また求めていることは見ればわかる。シドニーも興奮をかき立てられたが、眠気にも襲われていた。

だから壁にもたれ、アレクシオを見ていることしかできなかった。湯気の中に立つ浅黒い彼は、まるで古代の戦士だ。シャワーを止めたアレクシオはシドニーをタオルで丁寧にふき、長い髪をすくい上げてターバンのようにタオルを巻きつけてから、また彼女を抱き上げた。

「私、自分で歩けるわ」シドニーは弱々しく言ったものの、立っていられるかどうかもわからなかった。ベッドに運ばれたとき、目はもう閉じかけていた。

「髪がくしゃくしゃになっちゃう」

アレクシオは上掛けを引き上げた。彼はまだ裸で、タオルを使っていなかった。「大丈夫だ。少し休んだほうがいい。すぐに戻る」そして彼女の額にキスをした。

彼がジーンズをはき、ボタンをとめずに部屋から出ていく。シドニーはもはや眠気に勝てず、甘い眠りへと落ちていった。

5

ウイスキーをグラスについだとき、アレクシオの手は震えていた。一緒にシャワーを浴びるのが、なぜいい考えだと思ったのか？　彼女を休ませなければならないとわかっていながら、しなやかな体に触れ、やわらかい肌に情熱的な行為の跡が残っているのを見るのはまるで拷問だった。

セックス。あれはただのセックスだったのだ。僕はベッドでのことなら知りつくしていると言ってもいい。十五歳で兄の友達の姉に誘惑されたときから、その腕は磨いてきた。

しかし、出会ったばかりのあの女性との体験は、これまでのどんなものとも違っていた。僕は快楽に溺れていたのだ。何も変わったことはしていない。ビリヤードでの一幕を除けば、ごくふつうの手順を踏んだだけで、シドニーにそれほど経験がないのもはっきりわかった。

アレクシオは先ほどの異常事態を分析しようと必死だった。どういうことだ？　女に飽きてきたところで、世慣れていない女性に出会ったから、目新しさに興奮したのか？

いいや、それ以上の何かがあるのだ。そのもっと意味の深い何かをアレクシオは認めたくなくて、ウイスキーをあおり、再び募っている飢餓感を焼きつくそうとした。回復力があるのはけっこうだが、どうにもおかしい。

部屋に戻ったとき、シドニーはうつ伏せで眠っていた。ろくに隠れていない丸いヒップと腰のくびれを見て、アレクシオは唾をのんだ。タオルからはみ出た彼女の髪は、後光のようなきらめきを放っている。

アレクシオはこぶしを握った。今ベッドに入ったら、シドニーを起こして、もう一度抱いてしまう。そこでそっと立ち去り、仕事で気をまぎらわせようとオフィスに向かった。

しかし、パソコンの画面を見ていても、心に浮かぶのは初めて結ばれた瞬間のシドニーの顔ばかりだ。アレクシオは椅子の背にもたれ、両手で顔を覆った。もう一度シドニーがほしくて、仕事ができないとはどうかしている。

再び寝室に戻ったとき、シドニーは仰向けになって、上掛けを胸のすぐ上まで引き上げていた。アレクシオの存在を感じ取ったように、彼女が小さく身じろぎする。アレクシオはベッドに近づき、長いまつげがピンクの頬にかかっているさまを見つめた。シドニーの口がかすかに動くと、唇を重ねたくなり、しなやかな体のラインに目が吸い寄せられた。


「アレクシオ……」

ハスキーな声がして、彼は驚いた。シドニーのまぶたは開いていて、その眠たげな目とはにかむような表情に強い衝撃を受けた。これまでの人生がぼんやりと霞《かす》んでいくようなおかしな感覚に見舞われたものの、容赦なく踏みつぶす。以前と違うところなど何もない。たぶん……相性がいいのだろう。それだけだ。

「シドニー、隣で眠ってもいいか？」

うなずいたシドニーを見て、アレクシオはジーンズを脱ぎ、ベッドに上がった。我慢できずに手を伸ばすと、欠けたパズルのピースをはめるように、シドニーもすぐに抱きついてきた。自然と唇が重なり、アレクシオは分析をあきらめた。彼女を求める気持ちは抗《あらが》えないほど強かった。

「一緒にギリシアに来てほしい」

シドニーは楽園にいた。心も体も満たされ、安心して過ごせる場所に。ここでなら、本で読んだことしかないような至福の心地でいられる。それに、深みのあるセクシーな声までする……。

「シド、起きてくれ」

シド……これまで誰にもそう呼ばれたことはなかったけれど、いい響きだ。唇が軽く触れ合ったあと、シドニーは本能的に続きを求めた。新たに知った欲望が目覚め、目を開けてアレクシオの顔と裸の胸を見ると、大きな部屋には光が降りそそいでいる。昼の光だと気づいて、シドニーはまばたきをした。アレクシオは片手をついて体を起こし、こちらを見ている。その顎に生えている無精ひげが、肌をくすぐったのを思い出して、彼女の息は乱れそうになった。

昨夜は彼に起こされて……もう一度体を重ねた。一度目もすばらしかったのに、その経験はただの導入部でしかなかった。あれほど強い快感があるとは知らず、シドニーは生まれ変わったような気分だった。

昨日は何度も叫んだせいで、彼女の声はかすれていた。「なんて言ったの？」

アレクシオが上掛けの下に手を入れて、シドニーのおなかから胸までをゆっくりと撫《な》でていく。胸の先端を指でつままれ、彼女は息をのんだ。体も頭もすでにはっきりと目覚めている。

「一緒にギリシアに来てほしい、と言ったんだ。サントリーニ島に別荘があってね。数日間、休みを取ることにしたから……」

シドニーはとっさに首を振ったが、アレクシオにさえぎられた。

「同じことの繰り返しだぞ、シド……。君がノーと言えば何が起こるか、もうわかるだろう？」

シド。その響きが頭にこだまして、シドニーはくらくらした。昨日出会ったばかりなのに、長年彼を知っているような気がする。金色がかった緑色の目が、私に魔法をかけているのだろうか？

「君はダブリンでの仕事はないと言った。だったら、帰るのを数日延ばしてもかまわないだろう？　一緒に来てくれ。楽園に案内してあげよう」

シドニーは思わず笑いそうになった。楽園ならもう見せてもらった。しかしそのとき、唇が重なり、何も考えられなくなった。どうにか意識を集中させ、あと二週間ほど叔母のことは心配いらないのだと、頭の中で確認する。責任がなくなったわけではないけれど、今すぐ対処しなくてもかまわないなら、ひと晩の予定を数日に延ばしてもいいんじゃない？　そうしたいという思いは驚くほど強かった。

アレクシオがシドニーに覆いかぶさり、脚のあいだに腰を落ち着けると、彼女の体はとろけていった。彼がほしい。まだこの夢を終わらせたくない。

シドニーはアレクシオの首に抱きつき、いっそう大きく脚を開いた。つかの間キスがやみ、ふたりがひとつになった瞬間、彼女はアレクシオを見上げた。

「いいわ……一緒に行く」

アレクシオ・クリスタコスは、まるでセクシーで魅惑的な魔法使いだ。出会ってからたった一日で、彼は私を外国の島に連れてきた。太陽がきらめく中、見渡す限り海がきらめいている。ほかの島はぼんやりと見えるだけで、遠い水平線を妨げるものはほかに何もない。

サントリーニ島の北西部にあるすばらしいヴィラを案内してもらうあいだ、シドニーはアレクシオの手をぎゅっと握っていた。主寝室は大きなプール付きのテラスとつながっていた。

彼がちらりとシドニーを見た。「君の荷物は休暇旅行用じゃなかっただろう？　ここにある服は好きに使っていい」

アレクシオはウォークインクローゼットのドアを開けた。左手には男物の服、右手にはカラフルな女性物の服がずらりと並んでいる。

シドニーの胸はちくりと痛んだ。もちろん、恋人や愛人をよく連れてくるなら、女性物の服だって用意されているに決まっている。そして、気前のいい彼のことだから、服の大半は未使用に違いない。

胸の痛みを隠すために、シドニーは羽根のような手触りのシルクのドレスに触れた。

この島でどんなにすばらしい体験をしようとも、私は数日後には家に帰らなければならない。シドニーはアテネまでのプライベートジェットの中で、アレクシオがどれほどの気づかいを見せてくれたかを考えないようにした。飛行機への恐怖はキスで忘れさせてくれたので、ヘリコプターで島に飛んでくるときには、怖いどころかわくわくしていた。

どうにか笑みをこしらえて、シドニーは明るく言った。「洗面台で下着を洗う心配をしなくてもよさそうね。ここの家政婦さんは、そんなところを見たら悲鳴をあげそうだもの」

アレクシオの目に険しい表情がよぎり、シドニーの笑みは揺らいだ。これまで見たことのない顔だ。しかし、それ以上考える前に、アレクシオが唇を近づけてきた。こうしてキスをするたび、頭が真っ白になってしまう。

しばらくして唇が離れたとき、シドニーは震えていた。たやすく体が反応してしまうことにはまだ慣れてなく、アレクシオに操られる人形にでもなったみたいに、ひどく無防備な気分だった。

「着替えて、泳ぎに行こう」

彼の半裸を見ると思っただけで、シドニーの体はほてった。

またクローゼットのほうへうながされた彼女は、複雑な気持ちをこらえようとした。しかし、ちょうどいい服を選ぶあいだも、両手は震えていた。

またたく間に三日が過ぎた。そのあいだふたりはずっと太陽と海と、そして……世界観が変わるほどのセックスにひたっていた。

ヴィラを出たのは一度だけだ。昨日の夜、アレクシオは小型ボートを操縦してシドニーを島のカルデラに連れていってくれ、ふたりは有名な夕焼けをながめた。言葉を失うほどの景色を見たのも、彼女にとっては初めての経験だった。

ありとあらゆるものが美しくて、シドニーは妙に感傷的になっていた。人生が様変わりしようとしているときに、こんなすばらしい体験ができるなんて。のちのちの慰めにするため、彼女はその一瞬一瞬を大切に胸にしまいこんだ。

家政婦はいっさい姿を見せなかったが、絶妙なタイミングで食事を用意してくれた。三日間、シドニーとアレクシオは食べることと寝ること、ベッドをともにすることのほかには何もしなかった。けれど満足とはこういうものだとわかった気がする一方で、シドニーはどこか満たされない思いも抱えていた。

アレクシオとの会話は表面上の事柄ばかりで、彼との距離は初対面から少しも変わっていないような感じがする。でも、何を期待しているの？　アレクシオは真剣な付き合いを望んでいるわけじゃない。私としても、恋愛にかまけている余裕はない。

深い傷を受けずにすませるための方法はひとつしかないと、シドニーは早い段階で悟っていた。本当は何よりも特別な体験だけれども、そうではないとアレクシオに信じさせることだ。だからどことなく平然とした顔を見せるように努め、ぽかんと口を開けそうになったり、歓声をあげたくなったりするたびにぐっとこらえていた。

少しでも油断したら、アレクシオへの深い思いを読まれてしまう気がする。自分自身でもその意味を考える覚悟ができていないのに、あの鋭いまなざしの前にさらけ出すわけにはいかない。

「今夜なんだが、君を連れていきたい場所がある」

答えるシドニーの声は眠たげで、よく聞き取れなかった。彼女はアレクシオの胸に頭をのせ、腿のあたりに脚をかけて眠っている。体は満足しているはずなのに、またもや欲望がわき始めるのを感じて、アレクシオはうめきたくなった。つねに飢えているようなこの状態は、いつ終わるんだ？

アレクシオはシドニーの背中を撫でた。先ほど彼女を背負って砂浜からテラスの脇まで伸びる階段をのぼったあと、ふたりはプールの横に設置されているシャワーを使った。しかし、冷たい水を浴びてもほてりは収まらず、結局、ベッドに直行することになった。

なぜか心がざわついて、アレクシオはその記憶を押しやった。「聞こえたのか、シド？　君を連れていきたいところがあるんだ」

シドニーはようやく顔を上げ、とろんとした目で彼を見た。

アレクシオは、誘いかけるような視線から目をそらした。「だめだ。また誘惑しようとしても無駄だぞ。今日は文明人らしくふるまうんだ」

ところがシドニーがするりと上にのってくると、たちまち欲求が募った。脚を広げ、胸に胸を押しつける彼女の目には、セクシーな謎に満ちた女らしさがある。文明人らしくしようという試みも投げ捨て、アレクシオはシドニーの腰をつかむと、下から彼女の中に入った。あっと声をあげてから吐息を吐き、シドニーは体を動かし始めた。

「悪い子だ」アレクシオはつぶやき、彼女に合わせて動き出した。そして、歓喜のうねりにのまれていった。

その日の夕方、アレクシオはシャワーをすませてヴィラから出てくるシドニーを待っていた。しばらく前に太陽が沈むのを、ふたりはプールサイドのデッキチェアからながめた。真っ青だった空はすでに淡いオレンジとピンクに染まっていて、西の海岸沿いには町の明かりがきらめき始めていた。

しかし、アレクシオはそのながめをほとんど見ていなかった。動揺は日に日に大きくなるうえ、心を守ることができず、無力感さえ覚える始末だ。そんなふうに感じるのは、子供のころに母から皮肉を浴びせられたとき以来だった。あのころから今まで、母から受け継いだ皮肉っぽさは、身を守る術《すべ》となっていた。

相続権を放棄することを公にしたとたん、いわゆる友人や取り巻きたちは離れていった。例外はひとりかふたり、それに兄だけだった。そして、アレクシオが成功の兆しを見せ始めると、離れていた人々はすぐに戻ってきた。驚くことではない。アレクシオは人間の本質というものを両親からたっぷり学んでいた。いや、シドニーに会うまではそう思っていた。彼女には驚かされてばかりだ。ありとあらゆるものを破壊していく竜巻のようで、僕は逆らうことができないでいる。ロンドンで一夜を過ごしたあと、朝を迎えて欲望がまるで収まっていないことに気づくまで、休暇を取るつもりなどまるでなかったのに。

ひと晩ではたりないことはわかっていたが、あのときは一カ月後でも飽きないのではと思った。少々うろたえたアレクシオが、シドニーをサントリーニ島へ連れてくることに決めたのは、昼夜を問わずベッドをともにし、欲望を焼きつくすのがいちばんだと考えたからだった。

しかし、三日目の夜のアレクシオは、一生かけてもシドニーに飽きることはないのではと考えていた。彼女にはつい気を許し、思ったことをなんでも話してしまいそうになるが、できるだけ距離を置くように努めていた。とはいえ、そうするのはどんどん難しくなっている。

先ほど砂浜でシドニーが背中に飛び乗ってきたとき、アレクシオの胸はある感情でいっぱいになった。これほど無邪気で、生き生きとして、やさしい女性は今までいなかった。

しかも、そんなところを見せつつも、彼女は愛をささやいて僕を窒息させない。それどころか、一歩引いた態度を崩さずにいる。

心の奥から黒々とした疑いがわき上がった。最初の日、服でいっぱいのウォークインクローゼットを見せたときのことが思い浮かぶ。アレクシオはシドニーがさぞ驚き、喜ぶだろうと思っていた。経験から言えば、どれだけ世慣れた女だろうと、贈り物を受ける際は冷めたふりをしていられないものだ。しかしシドニーは顔色ひとつ変えず、それ以来、アレクシオは心のざわつきを抑えられずにいた。

彼女は子供のように天真爛漫《らんまん》かと思えば、女性ならではの謎めいた顔を見せる。そのたび、アレクシオはもしやだまされているのだろうかと考えずにいられなかった。

飛行機でシドニーと出会ってからというもの、どうも僕は自分らしくない行動ばかりとっている。女性をディナーに招いたことはあっても、アパートメントに泊まっていくよう言ったことは一度もない。ましてや、いつもスケジュール通りに仕事をこなす僕が、いきなり休暇を取ったとは記憶にないことだ。

疑いはふくらみ続け、とうとう顧問弁護士に電話をかけた。そして、アレクシオの不遇の時代にも離れていかなかった数少ない友人でもある彼に、罪悪感を押し殺してシドニーの身辺調査を頼んだ。

友人は忍び笑いをもらした。「君がそういうことをするのは、ほかの会社を買収するか、競合会社の弱点を調べるときだけだと思っていたが。恋人まで調べるようになったのか?」

アレクシオは思わず語気を荒らげた。「つべこべ言わずに動くんだ、デメトリアス」

調査などするのは後ろめたかったが、電話を切ったとき、アレクシオは心のバランスを多少取り戻したように感じた。警戒するだけの理性が、まだ残っていたということだ。

しかし足音を聞いて振り返った瞬間、アレクシオは理性が粉々に砕けそうになり、本気で息をするのを忘れていた。

濃いオレンジ色のシルクのドレスはワンショルダーで、片側の腰の上が丸く切り取られたデザインだ。だからシドニーの肩も、腰のくびれもあらわになっている。裾は膝まであるものの、一方に深いスリットが入っていた。

かつての恋人たちが着ていたきわどいドレスに比べれば、どうということはない。しかしアレクシオは、着替えてこい、とシドニーに言いたくなるのをぐっとこらえた。これではまるで過保護な父親だ。あるいは、嫉妬深い恋人だろうか。だが、シドニーを見たほかの男たちが色めき立つようすを想像すると、胸がかきむしられる。

「これでいいかしら?」

シドニーは眉をひそめてドレスをつまみ、それからアレクシオを見た。心のありようが態度に出ているのがいとおしく、飛行機で出会った彼女をありありと思い出す。あのときのシドニーも気が強そうに見えて、どことなくか弱さをのぞかせていた。

「おいで」アレクシオはかすれた声で言った。

近づいてくるシドニーに、彼はうめき声を押し殺した。ほっそりとした長い脚がスリットからのぞき、ヒールの高いゴールドの靴の先からは爪先が見えていたからだ。

彼女は目の前で立ち止まり、アレクシオを見つめた。肩にふんわりと広がる髪は、黄昏《たそがれ》時の光を浴びて金色の炎のようにきらめいている。渋い顔をされても、アレクシオは日焼け止めをたっぷり塗らせていたが、彼女の肌はすでに黄金色の輝きをまとっていた。

シドニーのうなじに触れると、髪はシルクのような手触りだった。

「君は……きれいだ」

シドニーはほほえんだ。「ありがとう。あなたもすてきよ」

アレクシオにとっては褒め言葉など、ふだんはただ空々しく聞こえるだけだが、シドニーの言葉は違った。もし今キスをしたら自分を止められなくなると思って、シドニーのうなじから手を離し、彼女の手を握ってガレージに向かう。そこに収まっているのは、異父兄ラファエレの会社の最新型スポーツカーだ。

そのオープンカーを見て、シドニーはひゅうっと口笛を吹いた。アレクシオはドアを開けてやったものの、彼女の脚を見ないようにするのに苦労した。今からでも着替えさせたほうがいいのか?

なぜ今夜は外出しようなどと考えたのだろう?

アレクシオは歯を食いしばり、運転席に乗りこんだ。

アレクシオの車で海岸沿いを進むあいだに、空は暗くなっていき、フィラの町や家々の明かりが見えてきた。まるでおとぎばなしの中にいるようだ。道が細いので、彼は比較的ゆっくりと車を走らせていて、夜風が日に焼けた肌に気持ちいい。

先ほどのアレクシオの姿を思い出して、シドニーは小さく身を震わせた。黒っぽいスーツに同じ色のシャツを着たアレクシオが沈む夕日に背を向けてテラスに立つ姿は、たとえようもないほどすてきだった。肌を重ねるたび、彼はますます魅力的になっていくような気がする。けれど、ちょっと過保護なところもあった。強引に日焼け止めを塗られたときのことを考えて、シドニーは震えた。

「寒いか？」

頬を染めて、彼女は首を振った。「大丈夫よ。気持ちいい風だわ」

アレクシオは道路に目を戻した。「上着を持ってくるように言えばよかったな。この時期の夜はまだ冷えるんだ」

シドニーは目をきらめかせた。「ほら、また」

「どうした？」

「過保護になっているわ。あなたはお母様に対しても、きっとそんな調子だったんでしょうね」

アレクシオが鼻を鳴らすような、咳《せ》きこむような音をたてた。少ししてから、ちらりとシドニーを見る。その口元はこわばり、声は冷ややかだった。

「母には保護者など必要なかった」

シドニーは眉をひそめた。「どういう意味？　お母様はどんな方だったの？」

アレクシオの口元がさらにこわばった。「誰も寄せつけない女性だった。他人など必要としていなかったんだ」

厳しい言葉に、シドニーは息をのんだ。「どんな人だって、誰かを必要としているものよ。たとえ本人が認めなくても。あなたの口ぶりだと、お母様は寂しい方だったように聞こえるわ」

答えが返ってきたのは、フィラの町が見えてきたころだった。「そうかもしれないが……母のことは話したくない。もっと楽しい話題があるだろう。たとえば、これからどこのクラブに行くか、とか」

シドニーは拒絶されたように感じた。彼の私生活に踏みこむなと言われたも同然だけれど、私自身暗い過去を抱える身だし、アレクシオにはそのことを知られたくない。だとしたら、打ち明け話を拒まれたほうがよかったのかもしれない。

前に向き直ったシドニーは、美しい町の明かりを見て思わずほうっと息を吐いた。「きれいね」

アレクシオが高級そうなホテルの前で車を停《と》めると、係の若い男が駆けつけてきた。

「ここからは歩きだ」アレクシオはスポーツカーから降りて、車に見とれていた若者にキーを渡した。それから助手席側にまわり、ドアを開けて、シドニーに手を差し出す。

彼女は脚が震えて力が入らなかった。

アレクシオと一緒に公の場に出るのかと思うと、彼はシドニーの手を握ったまま、係の若者にギリシア語で何か言った。すると、若者がさっと顔色を変える。

「何を言ったの？」不思議に思って、シドニーは尋ねた。

アレクシオは笑みを浮かべた。「戻ってきたとき、車に傷がひとつでもついていたら、彼の脚を折ってやると言ったんだ」

「まあ……それなら、車に傷がつくことはないでしょうね」アレクシオの手をぎゅっと握って、シドニーは彼の顔を見つめた。「でも、本当にあの人の脚を折ったりしないわよね？」

彼がぎょっとした顔で立ち止まった。「もちろんだ。修理代を弁償させると言っただけだよ」

シドニーはあいているほうの腕をアレクシオの腕にからませ、わざとらしく安心した。「それならいいわ。脚を折られるよりずっとましだもの」

彼女の顔を見ると、唇には笑みが浮かんでいる。細い脚がドレスのスリットからちらちらとのぞき、腕に胸が当たるのがわかって、アレクシオは歯を食いしばった。母のことをきかれたせいで、口元はまだこわばっていた。〝あなたの口ぶりだと、お母様は寂しい方だったように聞こえるわ〟

正直に言えば、子供のころには、母も寂しいのではないかと考えていた。シドニーの言葉に他意はなかったのだろうが、おかげで、自分には母を守ることができないのだと思い知らされた記憶がよみがえった。母自身がそうされるのを拒んだからだ。必要があったときでさえ、母は息子にかばうことを許そうとはしなかった。

アレクシオは不愉快な記憶を締め出した。ふたりは宝石店の並ぶ路地に入ろうとしていて、シドニーが最初の店の前で足を止めた。

ため息をつき、ばつの悪そうな顔でアレクシオを見る。「実は私、きらきらしたものに目がないの。まるでカササギだと、父には言われたわ。細々したものを箱に集めては、それを取り出してながめていたものよ」

ショーウインドーに目を戻したシドニーを見ながら、アレクシオはうなじの毛が逆立つのを止められなかった。ついに正体を見たという感覚と、失望めいた何かが襲いかかってくる。やはりこうなったかという思いは、いつものことだった。女たちは僕をおだて、ほしいものを手に入れようとする。シドニーはほかの女たちとは違うように見えたが、結局は同じだ。宝石が好きだとほのめかし、僕からプレゼントされることを期待している。

顔を上げたシドニーが、アレクシオの変化に気づいて眉をひそめる。「どうしたの？」

アレクシオはさっと表情を取りつくろった。「なんでもない。クラブはすぐそこだ」

6

シドニーはまずい失敗をしたように感じていた。先ほどのアレクシオは……うんざりした顔をしていた。きらきらしたものが好きだ、なんて話したのがばかだった。その好みは母から受け継いだ部分で、そう思い知らされるたびいやになる。本物の宝石が好きだった母とは、本質が違うからなおさらだ。父の死後に家の整理をしているとき、子供時代の宝石箱を見つけたシドニーは、思わず笑いそうになった。中は十セント硬貨やボタン、アルミ箔《はく》などでいっぱいだったからだ。

動揺する心を抑えつけ、シドニーはアレクシオのあとについて、なんの表示もない謎めいた店の入り口に向かった。そこにはイヤホンをつけた黒服の男が立っていて、アレクシオに向かって慇懃《いんぎん》に会釈したあと、ふたりを中に通した。

さっきのアレクシオの表情は気にしないことに決めて、シドニーは彼の手をぎゅっと握った。こちらを向いたアレクシオは、いつものセクシーな表情に戻っていて、胸を撫《な》でおろす。

すぐ先にまた別の入り口があり、白いカーテンがそよ風に揺れていた。そこから出てきたはっとするほど美しい女性は、いかにもお金持ちそうで、ミニ丈の黒のドレスが見事な体を引き立てていた。

おかげでつまずきそうになったシドニーは、アレクシオに支えてもらったものの、黒髪のギリシア美人の出現にまだ言葉を失っていた。女性はしなを作って、アレクシオの両頰にキスをしている。シドニーに言わせれば、その位置が口に近すぎて、熱く苦々しい何かが――嫉妬がこみ上げた。

女性はシドニーのほうには冷ややかな視線をよこしただけで、またアレクシオに向き直った。真っ赤な唇をすぼめ、ギリシア語で話し始めたので、当然シドニーには理解できなかった。

しかし、アレクシオは英語で答えた。「忙しくて来られなかったんだ。こちらはシドニーだ。シドニー、エレットラだよ」

シドニーがほほえんでも、エレットラはほとんど笑みを返してこない。誰もが憧れる男性と一緒にいるのに、シドニーはまったく得意な気持ちになれず、むしろ不安ばかりが募った。アレクシオはこの女性を見て、後悔しているんじゃない？　私みたいな世間知らずではなく、彼女と一緒にいたかったんじゃないかしら？

そのとき、クラブの中が見えて、シドニーはいっさいの不安を忘れた。広々とした洞窟のような空間が、千ものランタンでぼんやりと照らされている。壁の一面は巨大なバーカウンターになっており、ダンスフロアにはネオンの光る箱が置かれ、ボックス席やテーブル席がそのまわりを囲んでいる。

エレットラは腰をくねらせるように歩いて、ふたりをボックス席に案内した。店内全体が見渡せる特等席から、エレットラがしぶしぶ立ち去ったあとすぐに、やはり驚くほど美しいウエイトレスが注文を取りに来た。彼女はホットパンツと胸元の大きく開いた白いシャツという姿をしている。

自分がとんでもない田舎者に見えるとわかっていたシドニーは、どんどん自信を失っていった。

アレクシオは注文を終えて、シドニーを見た。

「さて、ご感想は？」

「すごいわ。こんなところに来たのは初めてよ。私がいつも行くのは、学生向けのバーだもの」

ウエイトレスは軽食とシャンパンのボトルを持って戻ってきた。アレクシオがピタパンにディップを塗って、シドニーに渡す。シドニーはピタパンを食べ、シャンパンを飲み、冗談のつもりで言った。

「贅沢《ぜいたく》に慣れるのは簡単よね」

シドニーはボウルからオリーブの実を取っていたので、アレクシオの謎めいた表情を見逃した。振り返ったとき、彼はもういつもの飢えたような顔でこちらを見ていた。その目を向けられるたび、彼女も同じ感覚をかき立てられた。

「君と踊りたい」

シドニーは食べていたものをのみこんだ。彼と踊ると考えただけで、食事などどうでもよくなってしまった。クラブ内に流れるテンポの遅いセクシーなヒップホップのリズムに、体が熱くなる。

「いいわ」

ボックス席から立ち上がり、アレクシオは手を差し出した。その瞬間の彼は、いつも以上に精悍《せいかん》で、息をのむほどセクシーだった。


手を引かれ、カップルでいっぱいのダンスフロアに出ると、シドニーはアレクシオの腕の中に抱き寄せられた。体がぴたりと重なり、自然と彼の首に抱きつく格好になった。

アレクシオの手には独占欲が表れていた。片手はシドニーのヒップに、もう一方の手は背中の肌があらわなところに置かれている。ああ、こんなふうに触れられていては、まともに立っていられそうにない。彼のまなざしは、私の心の奥まで見透かしているかのようだ。

この人はいつでも率直で堂々としていて、駆け引きなど必要としない。だから、私も何を求められているか、はっきりわかる。けれど、つかの間の関係をすんなりと受け入れつつも、心の中では複雑な感情――愛情が育ちつつある。

彼を信頼できるという事実は、シドニーにとって大きな意味があった。醜い現実を母から見せられて以来、彼女は誰かを心から信頼したことがなかった。今になって思えば、そういうことが以前のボーイフレンドたちとの関係にも影響していたのだろう。私のほうが距離を置いていたのだから、うまくいかなかったのも不思議ではない。

でもアレクシオは、自分でも知らないうちに作っていた私の心の壁を壊した。残っているのはその瓦《が》礫《れき》と、むき出しになった心そのものだ。

アレクシオの金色がかった緑色の目を見つめ、シドニーはふいに悟った。私は彼に恋をしている。もう止めようもないほどに。

首に抱きついていたシドニーの手に力がこもり、胸が体に押しつけられ、腰がぴたりと重なり合うと、アレクシオは身も心も欲望に乗っ取られそうになった。なんてことだ。こんなふうに僕の自制心を失わせる女性は、今までひとりもいなかった。

なぜかシドニーを罰したくなったアレクシオは、激しくなっていく音楽の中で彼女の唇を奪った。

何かに押しとどめられたように、つかの間、シドニーはキスに応えなかった。アレクシオはありとあらゆる技を駆使して彼女を誘い、やがて反応が返ってくると、全身の血をたぎらせた。

夢うつつの時が過ぎたあと、アレクシオはどうにかシドニーから唇を離した。ぼんやりした頭でも、音楽がさらに激しくなり、まわりの人たちが踊っているのがわかる。じっと立っているのはふたりだけで、やがてシドニーがゆっくりとまぶたを開けた。とろんとしたその目の奥には……何か感情が秘められている。アレクシオは覚悟したものの、冷ややかな思いにはならなかった。

それ以上気持ちが混乱する前に、彼はシドニーを引きずるようにして席に戻った。食事は下げられていたので、シャンパンをあおったが、なんの役にも立たなかった。セクシーなドレスを着た彼女が隣に座っていては、文明人のふりなどできそうにない。

アレクシオは彼女の手を握った。「もう出よう」その表情に何かを読み取ったのか、シドニーがわずかに青ざめた。確かに、今のアレクシオは獣にでもなったような気分だった。

「でも、ついさっき来たばかりよ」

無理をして気持ちを落ち着かせたアレクシオは、ふだん女性を連れてこのクラブに来るときとはまったく違う体験をしているという事実を、なるべく考えないようにした。「出たくないなら、あとしばらくはいてもいいが……」

「どうして出たいの？」シドニーの返答に、アレクシオは驚いた。ほとんどの女は必死に僕の気を引き、ふたりきりになろうとそそのかすものなのに。

「どうしても何もない」アレクシオは言葉を飾らずに答えた。「早く出なければ、公衆の面前で君を抱いた罪で逮捕される恐れがあるからだ。ここはセックスするための場所じゃない」

「まあ……」音楽にかき消され、シドニーの声はほとんど聞こえなかった。シャンパンをひと息に飲んでアレクシオを見た彼女は恥ずかしそうな顔をしていたものの、そこには自信も見え隠れしていて、彼はその二面性に興味をそそられた。「そういうことなら、もう出たほうが……」

安堵《あんど》と期待が胸に押し寄せ、アレクシオはシドニーの手をつかんだ。そしてボックス席をあとにし、今度はＶＩＰ専用の出入り口から表に出た。

ヴィラへ戻るまでの道中はまるで拷問で、ふたりの高ぶりは靄《もや》となって車の中に立ちこめているようだった。クラブでのアレクシオは……本能に支配されているみたいだった、とシドニーは思った。ああしてふたりで踊り、さらにあれほどあからさまな言葉を聞かされたあとでは、彼女としても冷静な顔はしていられなかった。

アレクシオがちらりと視線をよこし、片手をハンドルから離して、シドニーを抱き寄せた。シドニーもためらわず、すぐさまアレクシオに抱きついて、たくましい胸にもたれた。彼の手がドレスの中にもぐりこみ、胸をさぐると、シドニーの息は荒くなっていった。

ガレージで車を停《と》めたとき、アレクシオはうめくように言った。「これからどこへ行くと思う？」

彼はクラブにいたときと同じ顔をしていて、興奮のさざなみがシドニーの肌に広がっていく。「家の中？」大きなベッドを思い浮かべながら、期待をこめて答える。

アレクシオは首を振り、座席を後ろに倒した。

「もう待てない。下着を取るんだ」

シドニーは目を丸くしたけれど、アレクシオはベルトをはずし始めている。ここで、今すぐに始めるつもりなのだ。シドニーも熱に浮かされたように、震える手でショーツを下ろした。

シドニーを引き寄せたアレクシオは、自分の上になるようにうながした。ドレスを下ろされ、胸が片方あらわになったとき、胸の先端は彼の唇と舌を誘うようにつんと立っていて、彼女の鼓動はめちゃくちゃに乱れた。

ついにそこにキスをされて、シドニーはあえぎ声をもらした。早くも腰をくねらせたが、彼の欲望の証《あかし》はまだズボンに包まれていたので、腰を浮かせて下に手を伸ばす。とうとう肌が触れ合った瞬間には、うれしさのあまり泣きそうになった。

ふたりがひとつになったとき、しんとした車の中で互いの吐息が混じった。ハンドルが背中に当たり、ギアが膝にぶつかっても、シドニーはかまわずアレクシオの上で体を上下させた。ふたりとも初めからひどく高ぶっていたため、ほんの数分でクライマックスを迎える。それからしばらくのあいだ、シドニーはアレクシオにぐったりともたれることしかできなかった。すべてを忘れ、ただ幸せに包まれていた。

東の空が白み、島をピンクに染めていくころ、シドニーはアレクシオの胸に頬をつけたままの格好で目を覚ました。昨夜はヴィラに戻ってすぐに車の中で愛し合ったのに、互いへの欲求はまるで収まらなかった。

アレクシオも目を覚ましていて、体に力が入っているのがわかる。ヴィラの主寝室は広々としているが、温かな繭にくるまれているような気分になれるので、シドニーはもう一生ここから離れたくなかった。アレクシオからも離れたくなくて、一瞬、避けられない現実と責任に憤りを覚える。しかし次の瞬間、叔母のことを思い出し、今度は罪悪感に襲われた。当然だけど、母の作った借金で叔母を苦しめるわけにはいかない。

ため息をついて、シドニーはアレクシオの胸に頬ずりをした。現実を思い出したせいで、背筋に寒気が走る。

「どうした？」

シドニーは首を振り、小声で言った。「なんでもないわ」何もかもどうかしているとは言えない。くよくよ考えているのがいやで、ここ数日気になっていたことをきいてみた。「ひとつ質問していい？」

セクシーな唇に小さな笑みがよぎる。「断ることはできるのか？」

「無理ね」シドニーは明るく言った。「どうしてお父様の跡を継がず、独力で仕事を始めたの？」

最初の夜にもきいたことだけれど、あのときは簡単に話をそらされてしまった。今もアレクシオの表情は読めず、シドニーはまたかわされるものだと思った。だが、彼はあきらめたようにため息をつくと、わざと重々しく言った。「命がけで守らなければならない秘密だとしても、知りたいのか？」

シドニーは調子を合わせ、真剣な口調で答えた。

「ええ、命をかけて守るわ」

アレクシオは肩をすくめ、冗談めかした口ぶりをやめて言った。「本当のところは、それほどたいした話じゃないんだ」

「でも、聞きたいわ。あれほどの財産に背を向ける人は少ないもの」

彼は顔をしかめた。「資産については大げさに言われているだけだが……」しぶしぶと切り出す。「僕には半分血のつながった兄がいる。僕たちは一緒に育ったが、父は兄に対して、一セントも渡さないと毎日のように言っていた。その心の狭さにも、人を力で操ろうとするところにも腹が立ったが、兄は逆境をばねにして、みずから成功を収めた。僕とは違って、誰にも束縛されていない兄がうらやましかったよ。当時、父は僕たちが競い合うように仕向けていたんだ。それで兄弟の仲がよくなるわけがない。兄が家を出るころは心底憎み合っていたから、父は僕が跡を継ぐものだと思いこんでいた。海運業には興味がなかったんだが、父は僕の話など聞かなかったからね。そして、僕は父の期待に背いた。父が僕を後継者にするつもりだったのは……言いなりになる人間がほしかっただけだから」

アレクシオはため息をついた。

「そのあいだに、兄のラファエレは実の父親の姓で事業を始め、たったひとりで成功させた。子供のころのライバル心がまだ残っていた僕は、兄にできるなら自分にもできるはずだと思ったんだ」

シドニーは穏やかな声で尋ねた。「それで、あなたは跡を継ぐことを拒んだのね？」

アレクシオは彼女の澄んだ目を見つめた。その瞬間、胸にしまった秘密をすべて打ち明けたくなった。

まずいぞ。危険すぎる。

「そうだ。すると、父は僕から相続権を奪った」

「でも、もうあなたのほうが大きな成功を収めているかもしれないわね」

アレクシオはその推測に驚いたが、確かに事実だった。ただし、事業の規模で父に勝ったからといって満足したわけではない。もともと勝ち負けの問題ではなかった。大事なのは父親から遠ざかることだ。父のせいで感情の制御を失うのが怖くなり、自分もああいう貪欲な人間なのではないかとおびえた。何より恐ろしかったのは、緊張と憎しみ、そして暴力に満ちたあの家から離れられないのではないかということだった。

突然、アレクシオは寒気を感じた。

ちょうどそのとき、ベッド脇のキャビネットで彼の携帯電話が鳴った。メール受信のアイコンが点滅している。弁護士からだ。

〝ミス・フィッツジェラルドについてわかったことがある。時間があるときに電話してくれ〟

たちまち寒気がひどくなった。

「どうしたの？」シドニーが心配そうに尋ねる。

アレクシオは携帯電話を元の位置に戻した。「たいしたことじゃない」

罪悪感と、それより何か深い思いが心の中でせめぎ合っている。とっさに、アレクシオはメールなど見なかったふりをしたくなった。

体を起こしてシドニーにのしかかり、彼女の裸体を見たとたん、おなじみの欲望が突き上げる。あとほんの少しだけでも、アレクシオは何も考えずにいたかった。

「今、なんて言った？」アレクシオは呆然《ぼうぜん》とききを返した。ヴィラのオフィスから窓の外に目を向ければ、日はもう高くのぼっている。体には先ほどの快感の余韻が漂っていて、実際何を聞いたのか理解できなかった。

弁護士のデメトリアスが繰り返した。「彼女の母親は二年のあいだ、刑務所に入っていた」

全身に寒気が走った。「刑務所？　なぜだ？」

デメトリアスはため息をついた。「こんな話をしなければならないのは本当に残念だ。彼女の母親は不倫相手につきまとい、脅迫した罪で告訴されている。何年にもわたり、執拗《しつよう》に続けていたようだ。夫のフィッツジェラルドは、妻が望む生活をさせてやれなかったようだな。それでも、比較的裕福な暮らしぶりだったらしいが」

アレクシオはショックを振り払おうとした。聞いて楽しい話ではないが、シドニーに非はない。

友人は話を続けた。「母親が刑期を務めたあと、一家は醜聞を避けて別の地方に引っ越した。そのころ、父親の事業が急成長し始めたおかげで、シドニーは最高の学校に通い、ポニーを買い与えられ、母親はブランド物の服やジュエリーを身につけて社交界の一員となった。しかし不動産市場が崩壊したあと、父親の事業も立ち行かなくなり、一家はすべてを失ったんだ」

アレクシオは不安を感じていた。「デメトリアス、それで終わりか？　もう充分聞いたと思うが」

「まだだ。最後まで聞いたほうがいい。父親の死後、母親は故郷のパリに戻り、妹と暮らし始めた」

「デメトリアス――」

「アレクシオ、パリにいる知り合いの同業者に調査を頼んだんだ。報告しないわけにはいかない。シドニーの母親は妹を説き伏せて、アパートメントを抵当に入れさせたうえ、妹名義のクレジットカードを限度額いっぱいまで使っていた。妹本人にはとうてい払いきれないほどの借金を負わせて死んだんだよ」

アレクシオは腹を立てていた。「そのこととシドニーになんの関係があるんだ?」

「彼女とはパリから帰るときに出会ったんだな?」

「そうだ」

「彼女はパリで叔母の借金を肩代わりする、という同意書にサインしたばかりだ。ここでひとつ、きかなければならない。彼女は莫大《ばくだい》な額の負債を抱えた身だと、君にほのめかしたか? もしそうでないなら、なぜなんの問題もないようにふるまっていたのか、彼女に尋ねるべきだぞ」


目を覚ましたとき、ベッドにはシドニーひとりしかいなかった。どういうわけか、胃のあたりに緊張が走った。何かがおかしい。直感でわかる。

顔を上げて部屋を見まわしたけれど、アレクシオはいない。泳ぎに行ったとか? 彼は泳ぎが得意で、プールより海のほうが好きだ。


シドニーはベッドを出て、バスルームに向かい、シャワーを浴びた。それから、タオルで体をふいて、ずらりと服の並んだウォークインクローゼットの中に入った。彼が付き合ったほかの女性たちのことを考えると、やっぱり苦い思いがこみ上げたが、シドニーはその感情を押し戻した。私にやきもちを焼く資格はない。

シドニーはショートパンツと緑色のホルターネックを着て、アレクシオをさがしに行った。何かがおかしいという感覚は消えていない。部屋を出る前に携帯電話の着信音が聞こえ、バッグの底から電話を取り出すと、かけてきたのは叔母のジョセフィンだった。

おしゃべりでもしたくなったのだろうと思って、シドニーはベッドの端に腰かけ、フランス語でほがらかに応じた。しかし次の瞬間、ほほえみは消えた。電話の向こうからはすすり泣きが聞こえる。

彼女はぱっと立ち上がった。「叔母さん、どうしたの？ お願い、泣かないで……」

しばらくして、叔母はようやく多少の落ち着きを取り戻し、わけを話し始めた。とぎれがちな説明によると、どうやら旅行仲間の誰かから恐ろしい話を聞いたようだ。借金を返済できないと、刑務所に入ることになるとかなんとか。叔母が取り乱しているのも無理はない。

シドニーが何を言っても効果はなかった。それどころか、叔母はまた泣き始めていて、彼女は必死になって言葉をさがした。叔母にあいまいな言い方は通用しない。負債はもうシドニーの名義になったのだ、と言っても意味はないだろう。叔母はまだ借金が自分のものだと思っている。

叔母が理解できるのは現在だけ。そして、彼女は逮捕されてしまうという恐怖にとらわれている。

たとえ真っ赤な嘘《うそ》でも、何か具体的な解決策があると言って、安心させてあげなければ。「ねえ、ジョセフィン叔母さん、聞いて。どうして心配しなくていいのか、その理由を話すから」

叔母はようやく泣くのをやめた。

「ジョセフィン叔母さん、これからはすべてうまくいくわ。約束する」

テラスに続くドアは開けっぱなしになっていたけれど、シドニーは背を向けていたため、そこへ人影が近づいていたことにも、その人物がふいに足を止めたことにも気づかなかった。

「でも、シドニー……どうして？」

「叔母さんはひとりじゃないわ。この困難をふたりで乗りきるために、わたしができることはなんでもするって約束したでしょう？」

叔母がはなをすすり、シドニーはもうひと押ししようと口を開いた。

「なんの心配もいらないのよ。私に……」任せておけば大丈夫、と言おうとしたが、それでは弱い。シドニーはぎゅっと目を閉じ、思いきって言った。

「すてきな出会いがあったのよ、ジョセフィン叔母さん。ものすごいお金持ちで、飛行機の中で出会ったんだけど……彼、その航空会社の社長だったの」

そういう話が大好きな叔母は、たちまち元気を取り戻した。「シドニー、本当？ その人があなたの恋人なの？」

シドニーは目を開けた。「ええ。彼は私にぞっこんよ。叔母さんのことを話したら、すべて解決するって約束してくれたわ」

今度は安心から、叔母の声が震える。「ああ、シドニー……よかった……。逮捕のことを聞いたときには心配で心配で……」

背後の人影は、シドニーの知らないあいだにドア口から消えていた。

「叔母さん、借金のことはもうほかの人に話しちゃだめよ。それに、もしまた何か言われたとしても、心配する必要はないわ」

こんな嘘をつくのは気が引けるが、パリに戻るまでのことだ。叔母が私の顔を見れば安心するのはわかっている。そうしたら、〝恋人〟とはうまくいかなかったと言えばいい。まるで笑い話だ。アレクシオは恋人ではないのに。

「シドニー……彼はハンサムなの？」

ばつが悪くなったものの、叔母がいつものほがらかな口調になっていることにシドニーはほっとした。しばらくおしゃべりしたあと、旅行の責任者に電話をかわってもらい、今の叔母にはとりわけ注意が必要だと釘《くぎ》を刺す。旅行前に借金の話をしておかなかったのが悔やまれた。

通話を切ったときにはぐったりとしていたが、叔母が旅行の終わりまで楽しく過ごせそうだとわかったのはよかった。責任者も、目を配ると約束してくれた。

ふとテラスのほうに振り返り、シドニーは目を見開いた。アレクシオが部屋に背を向け、手すりにもたれて立っている。色褪《あ》せたジーンズとTシャツという姿だが、まさか今の話を聞かれたのだろうか。

裸足《はだし》のまま外に出て、シドニーはアレクシオの隣に並んだ。彼はこちらを見ようとせず、彼女は無理に明るい声で言った。「どこへ行ったのかと思っていたのよ」

不愉快極まりない言葉がもれ聞こえてきた怒りを、アレクシオは抑えようとしていた。〝彼は私にぞっこんよ……すべて解決するって約束してくれたわ〟

なぜシドニーが借金のことをこれまで話さなかったのか？　デメトリアスが正しかったという証拠だ。できるだけふつうの口調で、アレクシオは尋ねた。

「誰と電話していたんだ？」彼女のほうを見られず、手すりを握り締めた。

シドニーは言葉を濁した。「ええと……叔母よ。今、旅行中で……」

アレクシオの胃がずしりと重くなった。シドニーと出会ってからこれまでのことが、悪い夢のように思えてくる。ふとしたときの恥ずかしそうな表情も、無邪気なしぐさも嘘だったのか。

これがシドニーのやり口だったのだろう。僕が気を許すのを待ち、そのときが来たら、お涙ちょうだいものの話を聞かせて金を引き出す。どこかに家を買ってやり、彼女と叔母を住まわせていたかもしれないと考えると、めまいがしてきた。

ベッドをともにしたあと、僕の心の壁はどれだけもろくなったか。そして、いかに口が軽くなったか。危うく、すべてを打ち明けるところだった。

彼女を調査するだけの分別があってよかった。あれほど罪悪感を持っていた自分に腹が立つくらいだ。

シドニーがアレクシオの腕に触れた。「どうしたの？　なんだかおかしいわよ」

アレクシオはぱっと腕を引いて、一歩下がり、ようやくシドニーの顔を見た。青ざめた彼女を見て、満足感を覚える。嫌悪感を隠すことはできなかったが、ショートパンツとホルターネックという姿に反応してしまう体が恨めしい。

「僕をそれほどばかだと思っているのか？」アレクシオは語気を荒らげた。

シドニーの目に恐怖のようなものがよぎる。「何を聞いたの？」

その後ろめたそうな顔を見て、アレクシオの怒りは頂点に達した。「君と君の叔母が借金を返すために、僕を利用できると考えているのはよくわかった」

シドニーは呆然と立ちつくしている。企《たくら》みがばれて、ショックを受けているのは明らかだ。少しして、彼女はようやく口を開いた。「フランス語がわかるのね」

「もちろんだ。ほかにも何カ国語か話せる」

「違うのよ。あれはただ、叔母を安心させるために言っただけなの。ひどくうろたえていたから」

アレクシオはシドニーの真剣な表情に笑い出したくなった。すべてが嘘だったとわかった今は滑稽なだけだったうえ、裏切られたという気持ちも消えなかった。

「犯罪者の娘の言葉を信じろというのか？　母親からよく学んだようだが、詰めが甘かったな。もし君が僕に借金のことを打ち明け、素直に助けを求めていたなら、うまくいったかもしれない。だが、君はひと芝居打つほうを選んだ。もしかして、その芝居に酔っていたのか？」

7

一瞬、シドニーは気を失うかと思った。アレクシオが〝犯罪者の娘〟みたいな言葉を口にするなんて信じられない。

外の暑さにもかかわらず、全身に寒気が走り、シドニーは血の気の引いた唇から言葉を押し出した。

「犯罪者の娘ってどういう意味なの?」

アレクシオは突き放したような口調で言った。

「君の母親のことはもうわかっているんだ、シドニー。不倫相手を脅迫し、刑務所に入ったそうだな」

割れたガラスが降ってきたような気分だった。あのころの恥ずかしい思いがたちまち戻ってきて、何か言おうにも声を出すことができない。クラスメートたちにはやし立てられた八歳のときと同じだ。

悪夢に違いない。目を覚ましたら、きっと現実のアレクシオが甘い声でこう言ってくれるのでは?

〝シド……君がほしい〟と。

まばたきをしたけれど、何も変わらなかった。アレクシオはまだ目の前に立っている。冷たくよそよそしい彼は、まるで別人だ。

「どうして知っているの?」シドニーはどうにか尋ね、そこでふと気づいた。「叔母の借金のことも」

険しい顔を崩さず、アレクシオは腕を組んだ。

「君の身辺調査をさせた」

今度こそ倒れてしまいそうになり、シドニーは手すりをつかんで、ぐらりと揺れた体を支えた。

「私の身辺調査?」信じられない思いでささやく。

アレクシオはまったく悪びれないようすで肩をすくめた。「立場上、いくら用心してもたりないものでね。誰か……見知らぬ他人が僕の人生に関わろうとすれば……疑うのは当然だ」

「なんてこと」シドニーは呆然《ぼうぜん》とつぶやいた。胸が悪くなり、それから怒りがわき上がる。彼女は体を起こし、震えながら手すりを離した。「だからって、人の私生活を詮索していいの？　母のしたことは、あなたとはなんの関係もないわ」

子供のころから母のせいで恥を抱えて生きてきたシドニーは、近ごろようやく過去と折り合いがつけられるようになっていた。なぜ母があんなことをしたのか、少しは理解できるようになったからだ。しかし、目の前の冷たい男性に話せるような内容ではない。

心の一部が粉々に砕けた感じがする。でも、ここでくじけるわけにはいかない。

アレクシオがまたしゃべり始めた。その声はナイフのように尖《とが》っている。「それだけではないだろう？　君の母親は贅沢《ぜいたく》な趣味を満足させるために、借金を作って実の妹に押しつけた」

さらし者にされているような気分だった。遅すぎるのはわかっているけれども、シドニーは冷淡な態度で身を守ろうとした。「それもあなたには関係ないわ」もともと彼に過去を打ち明ける気はなかった。過去は現実の世界に属するもので、夢の世界のものではないから。

アレクシオは口元をゆがめた。「しかし、いずれは関係させるつもりだったんじゃないのか？　君はタイミングを見計らい、僕が気を許したら行動を起こすつもりだったんだろう？　いくらせしめるつもりだったか知りたいものだ。借金を返せる分だけか、それ以上か。僕がどれほどの間抜けと思われていたかによるんだろうな」彼は険しい口調で続け、シドニーをにらみつけた。「君はたいした役者だったよ。それは認めよう。ただし、何度かぼろを出したこともあった。ここのクローゼットの服を見て関心がなさそうな顔をしていたときもそうだ。これくらいのことはしてもらって当然だという態度だったな。それに、宝石店の前で物欲しそうなようすを見せたときもあった。翌朝、枕元でダイヤモンドのブレスレットがきらめいているのを期待していたのか？」

心の奥にひそんでいた不安が頭をもたげるのを、シドニーは抑えつけた。結局、私はあの母の娘で、無意識のうちにアレクシオの財力に惹《ひ》かれていたの？　ふいに自信が揺らぎ、シドニーは深く息を吸って、吐き気をこらえた。

アレクシオの冷笑と不信感の大きさには驚くしかなかった。身辺調査をしたのも、私を心から信じていなかったから……それどころか、何かを疑っていたからなのだ。

そして過去を知られた私は、誤解されかねない態度をとった。どうしてこうなることがわからなかったの？　彼の顔に妙な表情が何度かよぎっていたのに……なぜよく考えなかったのかしら？

「誤解よ。あれはひどく取り乱していた叔母を安心させるために言っただけ。あなたが聞いているとは思わなかったし、助けを求めるつもりもなかった」

そう言ったものの、シドニー自身の耳にも薄っぺらな言葉に聞こえた。信じてもらいたいのに、動揺と心の傷が大きすぎて、気持ちをこめて話すことができない。

思ったとおり、アレクシオは信じてくれず、目も冷ややかなままだった。「これ以上は話したくない。僕たちはこれで終わりだ。一時間以内に、僕はアテネに向かう。一緒に来るなら、帰国の便は手配してやろう」

シドニーのからっぽになった心に、アレクシオへの憎しみがわき上がった。自分の愚かさが信じられない。これほどの地位にある男性なら、疑い深く冷たい性格をしていて当然なのに。

彼女はぴしゃりと言った。「そうするくらいなら、泳いで帰ったほうがましよ」

アレクシオはそっけなく肩をすくめた。「好きにすればいい。ピレウス行きの船は夕方に出る。ここの家政婦の夫が港へ送ってくれるだろう」

シドニーとしてもそのほうがよかった。飛行機と聞いただけでもう一度彼と一緒に乗ることを考えてしまい、セクシーな笑みと唇で恐怖から気をそらしてくれると思い描いた自分を罰したくなった。

きびすを返した彼は、すぐにまた振り返った。まなざしは暗く、その声にはどことなくせっぱつまった響きがあったが、ショックでまだ呆然としていたシドニーは気づかなかった。

「あの飛行機で僕が何者かわかったとき、君はすぐに引っかけようと決めたのか？　初めからひと芝居打って、ほかの女とは違うと思わせたのか？」

シドニーは無言でアレクシオを見つめた。否定したくても言葉が出てこない。この人はずっと前から疑っていたのに、私は最初から彼を信じきっていた。もう二度と会いたくない。今回の一件で過去から逃れられないとわかって、心は粉々に砕かれた。自分の弱さも、その弱さを引き出した彼のことも、一生許せないだろう。

これ以上傷つかないためにも、シドニーはあえて否定しなかった。「ええ、あの飛行機の中で、あなたが何者かわかってすぐにね」

張りつめた空気の中、アレクシオはつかの間シドニーを見つめ、それからぱっと背を向けて立ち去った。彼の姿が視界から消えた瞬間、シドニーは脇目もふらず寝室に戻り、バスルームに閉じこもった。

しばらくしてアレクシオのヘリコプターが飛び立ったあと、シドニーは自分の服に着替え、荷物をまとめて表のデッキチェアに座った。けれど、すばらしい景色も目に入ってこない。まだ心はからっぽのままだったが、自己嫌悪は続いていた。なぜ夢の世界にひたってしまったのだろう？　ひと晩だけのつもりだったのに、私は欲張ってしまった。心のどこかで、アレクシオがもっと長く求めてくれ、深く心を通わせてくれると期待していたの？　いつもの用心深さを捨てたのは、富に目がくらんだから？　また吐き気がこみ上げてきた。

　なぜ父親のあとを継がなかったのか、理由を聞いたときによく考えればよかった。アレクシオは冷酷非情な男性だから、野心に従うために父親の期待に背を向けたのだろう。

　あのときは、まるで現在もその期待という重荷を背負っているような口ぶりで話していたから、シドニーも納得した。しかし、今ならアレクシオの本当の姿が、肉親を捨ててものし上がろうとする野心家だとわかる。私と叔母の会話を聞いただけなら、あんなふうに思ってもしかたないかもしれないけれど、彼はその前に私の身辺調査をさせていた。そして、母の犯罪歴から、私がどういう女か判断した。

　母が投獄されていたあの二年間は、見えないタトゥのように肌に刻まれていた。恥ずかしい気持ちは消えかけていたのに……同じ思いが再びくっきりと浮かび上がっていた。

　子供のころから染みついている〝責任感〟がまた目を覚ましていた。そもそも、こんなふうに自分を甘やかしたのがよくなかったのだ。今は叔母のことと借金を返すことだけを考えなければ。

　どこか近くで車の停《と》まる音が聞こえた。きっと家政婦の夫だ。ばらばらになりそうな心を落ち着けて、シドニーは立ち上がった。ここで屈したら、感情の嵐にのみこまれてしまいそうだ。出会ったばかりの男性とたった数日過ごしただけで、心にどれだけ深い傷を受けたのか、思い知らされたくない。

　腰の曲がった年配の男が近づいてきた。不機嫌そうなその顔を見て、シドニーはかえってほっとした。もしやさしくされたら、たちまち泣き崩れていたかもしれない。老人はシドニーの荷物を取り、白い封筒を渡してきた。

封を開けると、小切手が入っている。その金額を見て、シドニーは息をのんだ。叔母の借金を返すには充分な額だったけれど、書きなぐったようなサインには非難と嫌悪感がにじみ出ている。

シドニーはかっとなった。すぐさまヴィラの中に戻ってアレクシオの書斎に入ると、封筒から小切手を取り出し、びりびりに破いた。紙片を封筒の中に戻し、表にこう書く。

〝初めから、お金目当てではなかったわ〟

そうして、島から出ていった。

四カ月後

アレクシオはごつごつとした島を見おろした。ヴィラのヘリポートへ近づくにつれ、胃がこわばってくる。デメトリアスの言葉を思い出して、彼は顔をしかめた。〝そのままじゃ燃えつきるぞ。こんな君を見るのは初めてだ〟

確かに、今までの僕らしくはない。仕事を成功させようと昼も夜もなく働いていたころでさえ、こうではなかった。この四カ月は息をつく間もなく働いてきた。資産は二倍に増え、とうとう北アメリカにも進出して、ヨーロッパの競合会社をしのぐ有利な契約を結ぶこともできた。人の予測する半分の時間で、事業を世界規模へと発展させたのだ。

しかしそうした成果とは裏腹に、アレクシオは仕事にかける情熱を失ったように感じていた。

小型の飛行機が空を周回しながら高度を下げていくあいだ、アレクシオはシドニーとの思い出を振り払おうとした。だからこそ、今までここには戻ってこなかった。昼のあいだでさえ、彼女のことを考えないようにするのにはひどく苦労したが、仕事で頭をいっぱいにすることでどうにかしのいできた。しかし、夜はまさに彼女の記憶に取りつかれていると言ってよかった。ろくに眠れず、体のうずきを解消するために、十代の少年のようなまねまでしなければならない始末だった。

ほかの女で用がすむなら、それでもかまわないが、近ごろはどんな女を見ても嫌悪感を覚える。

太陽にきらめく海の先にヴィラが見えてきたとき、四カ月前の記憶がまざまざとよみがえった。アレクシオに背負ってもらいたがり、うなじにキスをして、笑い声をあげるシドニー。あのときも、腹の底では僕から金を引き出す算段をしていたとは。

アレクシオは胃のむかつきを覚えた。引き返せとパイロットに言いかけたが、飛行機はもう着陸態勢に入っている。そうだ、過去のひとつやふたつに振りまわされてなるものか。

数日間の休みを取ることにしたのは、数年ぶりに兄と喧嘩《けんか》をしそうになったせいだった。アレクシオとラファエレは、自動車と航空機における未来の技術を研究するために合資会社を作ることに決め、契約を結んだ。夏のあいだ、ラファエレはミラノ郊外の邸宅《パラッツォ》で家族と過ごしていたため、アレクシオはそこを訪ねていった。

ある日、アレクシオが夜まで仕事を続けるつもりでいると、ラファエレは信じられないといった視線を投げた。「おいおい、僕たちは一日じゅう働きづめだったんだぞ。サムは夕食を用意してくれているし、マイロもミラノのサマースクールから帰ってくる。朝からずっとあの子の顔を見ていないんだ。僕にはもう家族がいるから、アレクシオ……これまでと同じようにはできない」

兄の言い分はもっともだったが、アレクシオは不合理な怒りを爆発させた。そもそも、ミラノに滞在し始めてすぐ、ラファエレの家族の家庭的な雰囲気には我慢がならなかった。兄とその妻はいつでも遠慮せずにいとおしげな視線を交わし、太陽のように生まれつきの愛敬《あいきよう》でみなを照らす、賢くかわいらしい甥《おい》を溺愛している。ラファエレと実の父親の関係が、いいほうに変わってきているのも見て取れた。

アレクシオは暗い子供時代に引き戻された気分だった。あると信じていたものが、実際にはないのだと思い知らされたころに。そして、当時の怒りまでもがよみがえった。僕は自分の家族の醜い一面を見てきたが、ラファエレは見ずにすんだ。あのぎすぎすした家に僕を残して、みずからの力で人生を歩んでいたからだ。

昔の闇のような思いにとらわれて、アレクシオは鼻で笑った。「らしくないな、ラファエレ。あの女に引っかかってからというもの――」

ラファエレは怒りをみなぎらせ、顔を突き合わせるほどの距離まで迫ってきた。「二度とサムを〝あの女〟などと呼ぶな。何があったか知らないが、アレクシオ、問題が起こっているなら解決しろ」

そのとき、サムが書斎に入ってきた。最初は張りつめた空気に気づかず、にこにことほほえんでいたが、グレーの目をみるみる丸くして、心配そうなまなざしで夫を見つめる。その視線の何かがとても危険に思え、アレクシオは兄を押しのけるようにして戸口に向かった。

どうにか気持ちを落ち着け、アレクシオはこわばった声で言った。「すまない、サム、帰らなければならなくなった。大事な用ができて……」そして、とるものもとりあえず兄の家をあとにした。つまり、絵に描いたような〝幸せな家族〟から逃げ出したのだ。あんなものはまやかしだと思いたかった……。だが、心の奥底では本物だとわかっていた。

以来、しつこくかかってくる兄の電話を無視し続けている。

だから、サントリーニ島のヴィラに来た。そうしたからには、ここで過ごすしかない。今夜あのクラブに行けば、女たちに囲まれても、欲望が萎えることはないかもしれない。生き返ったような気分になり、やっとシドニーの姿を頭から追い出せるのではないだろうか。

シドニーは古びたバスタブの中でほうっと息を吐いた。叔母のジョセフィンがお湯に泡を立てておいてくれたので、自分の体は見えないが、目をやらなくてもわかる。先週からおなかがふくらんできて、今では日ごとに大きくなっているようだ。もう妊婦だとわかってしまう。

今日、カフェの支配人はシドニーを呼び、単刀直入にきいてきた。〝私には五人の子供がいるんだ。君は妊娠しているね、シドニー？〟

シドニーは青ざめ、否定することもできず、こくりとうなずいた。

支配人はため息をついた。〝わかった。あと二カ月は働いてもいいが、おなかがもっと大きくなったら辞めてもらう。ここの仕事は妊婦向きじゃない〟

バスタブの中で、シドニーは不安に駆られ、唇を嚙《か》んだ。これまでのところ、叔母との暮らしはうまくいっている。パリに戻り、叔母のアパートメントに引っ越してからすぐ、シドニーは金融の専門家に会いに行き、借金を一本化する手助けをしてもらった。今すべきなのは、月々の支払いができるように稼ぐことだけだった。気が遠くなるほど長いあいだ、毎月毎月そうしなければならない。

ジョセフィンもこれまでどおり働き、シドニーがふたつか三つの仕事を掛け持ちすることで、どうにか生計は立ってきた。しかし、そこに赤ちゃんが生まれるとなると……。

さらに唇を強く噛んで、おなかの小さなふくらみに手を当てた。妊娠検査薬で陽性が出たときはとても信じられず、結局五回も確認したけれども、現在ではおなかの中の小さな命に絆《きずな》を感じていた。子供を持つのは遠い未来だと思っていたし、心に大きな傷を負ったあとなので考えるのを避けていた。しかし、あれだけのことがあったにもかかわらず、シドニーは妊娠を自然に受け入れていた。自分でも理由はわからない。

それでも、ときおり不安に押しつぶされそうになる。そのたび、シドニーは自分を奮い立たせた。きっとなんとかなるはずだ。

ジョセフィンから繰り返しこうきかれるのはつらかった。「でも、あなたの恋人はどこにいるの？　電話で聞いた人のことよ。すべて彼に任せればいいんだと思っていたけど、違うの？」

その都度、シドニーは叔母の頬をそっと両手で包み、きっぱりと、しかしやさしい口調で答えた。

「彼は必要ないのよ。わたしたちふたりで充分。無敵のふたりだもの。私が何も寄せつけないわ」

叔母はため息をつくものの、すぐにほかのことに関心を向けた。たいていは赤ちゃんの話題だ。好きなアニメーションのキャラクターから名前をもらい、男の子だったらセバスチャン、女の子だったらベルとすでに決めているらしい。

仕事でくたくたに疲れ、バスタブに横たわっていると目に涙がこみ上げてきたが、シドニーはすぐにそんな感情を振り払った。この四カ月間、ずっとそうしてきた。でなければ、前に進めなかった。そこに、赤ちゃんが加わるだなんて。

アレクシオに連絡を取るつもりはなかった。彼のことを考えるのはやめなければならない。勝手に身辺調査を行い、聞かせるつもりのなかった会話を盗み聞きして、私を金目当てだと決めつけた男なのだから。子供のことを知っても、また非難を浴びせられるだけに違いない。

別れを告げられたあと、行き場のなくなった彼への思いはまだ心の縁をさまよっている。しかし、あのときの言葉を思い出したシドニーは、新たにわき上がった怒りでその気持ちをさっさと押し流した。

アレクシオはこれまで以上に不機嫌な顔でヴィラに戻った。テラスのデッキチェアで八時間眠り、クラブに行って帰ってきたところだった。

エレットラはアレクシオがひとりだと見て取るなり、葡萄《ぶどう》の蔓《つる》のようにからみついてきたが、彼は欲望どころか閉所恐怖症しか感じなかった。

薄暗い店内で、うっかり前回と同じボックス席に座ったアレクシオは、思い出の波にさらされるはめになった。シドニーのドレスがどんなに体にぴったりだったか。抱き合うようにして踊り、彼女のドレスの下に手を入れた感触はどうだったか。音楽のリズムが欲望の鼓動と共鳴し、全身をうずかせる中、シドニーは澄んだ目で情熱的に僕を見つめていた。

しかし、いくら澄んだ目をしていても、心はそうではなかった。僕を罠《わな》にかけ、借金のない未来を手に入れようとしていただけだ。

吐き気がこみ上げ、アレクシオはそれ以上クラブにいることができなくなった。

そして今は、真っ黒な海を見つめていた。ヴィラには休暇として来たのに、早くも仕事で気をまぎらわしたくなっていた。眠れないのはわかっている。ましてやあのベッドでは絶対に無理で、世界の果てにでも行けばよかったと思った。明日にもここを発《た》つことにしよう。どのみち、東南アジア進出の可能性を確かめたいと考えていたのだ。

書斎に行き、どさりと椅子に座ったとき、思いがけないものが目に飛びこんできた。女性らしい文字が書かれた、白い封筒がある。

〝初めから、お金目当てではなかったわ〟

胃が沈むような感覚に襲われ、アレクシオは封筒を手に取った。そのとたん、何かが舞い落ちた。びりびりに破られた小切手の破片だ。あのとき、怒りと嫌悪感の中でシドニー宛に小切手を切ったのは、そんなに金がほしいならくれてやるという気持ちからだった。わけがわからず、アレクシオはめまいを感じた。封筒を開くと、破片はさらに落ちてきたが、ほかには何も入っていない。

〝初めから、お金目当てではなかったわ〟

シドニーが小切手を現金化したかどうか、アレクシオは確かめもしなかったし、知りたくなかった。しかし、そうしなかったのは確実だ。彼女はあの日のうちにヴィラを去り、十一時間もフェリーに揺られてピレウスに向かった。シドニーからの最後の言葉は、ギリシア本社の部下から聞いた。空港で彼女にダブリン行きの航空券を渡すように、アレクシオはその部下に命じていた。

しかしシドニーは航空券を受け取らず、ひとことこう言ったそうだ。〝アレクシオ・クリスタコスに、地獄へ落ちろって伝えて〟

細かく裂かれた小切手を見て、相反する思いが胸に押し寄せた。まだ疑いはある。これは僕の気を引くための最後の計略なのではないか？　彼女のあとを追わせ、最終的にはさらなる大金をせしめるためではないか？

もう一度会えると考えただけでも、期待で体がざわついた。しかし、それこそ彼女のもくろみだったとしたら？

そのとき、アレクシオは体の下に何かを感じて、軽く腰を浮かせた。シドニーの着古したセーターの上に座っていたらしく、彼女の青白い顔と悲しげな目が思い浮かんだ。あの飛行機の中でアレクシオを誘惑しようと決めたと認めたとき、シドニーの声はこわばっていた。今になって考えれば、何かがおかしい。

シドニーは勘違いだと言っていたのに、僕は聞く耳を持たなかった。裏切られたという思いと、弱い自分への怒りでいっぱいだったからだ。

熱い思いが胸に押し寄せて、アレクシオは思わずセーターを鼻に当て、深く息を吸った。彼女の甘く、それでいてどこかぴりっとした香りがする。

いてもたってもいられず、アレクシオは書斎を飛び出して寝室に戻った。ウォークインクローゼットのドアはまだ開けていなかったが、確かめる必要がある。ふたりの到着前に運んでおくように注文した、シドニーのための服はすべてそこにかかっていた。

彼女は一着も持っていかなかったのだ。クラブに着ていったドレスさえ残っている。

シドニーの声が聞こえるようだ。〝洗面台で下着を洗う心配をしなくてもよさそうね。ここの家政婦さんは、そんなところを見たら悲鳴をあげそうだもの〟今になって、アレクシオはその口調が不自然なほど明るかったことに気づいた。胸のざわめきはいっそう大きくなっていた。

「やり直し。まだまだきれいじゃないわ」

シドニーは悲鳴をあげたくなる気持ちをのみこみ、几帳面《きちょうめん》すぎる主任に向かってこわばった笑みを浮かべた。彼女はこの五つ星のホテルで週に三回、最低賃金で働いていた。

「わかりました」

「急いで。一時間以内にお客様が到着するのよ」

ため息をついて、シドニーはベッドカバーを引きはがした。もうくたくただ。この前の夜のように、またゆっくりとバスタブにつかりたいところだが、その時間がない。夜は週に六日、近所のモロッコ料理のレストランでウエイトレスをしているからだ。店のオーナーはカフェの支配人と違って、妊婦を雇うのにもいやな顔をしなかった。もっとも、昼間のホテル勤務が入っていない日が週に二度あるので、その日はカフェの仕事も続けさせてもらっている。

ようやくホテルの勤務時間が終わり、シドニーは体を伸ばした。ふと罪悪感に駆られ、本能的におなかに手を当てる。働きすぎはよくないとわかっていても、どうしようもない。心の声がシドニーをそそのかす。〝彼に連絡を取ったらいいじゃない？〟

まさか。それだけはしない。私を非難したときの冷酷な顔なんて、二度と見たくないもの。

しかし、ホテルの従業員用の出口から外に出たとき、アレクシオの顔が目に飛びこんできて、驚きのあまりシドニーは動けなくなった。彼は両手をズボンのポケットに入れ、足首を交差させてつややかなスポーツカーにもたれていたが、シドニーを見てぱっと体を起こした。

まばたきをしてもアレクシオは消えず、金色がかった緑色の目でシドニーをまっすぐに見つめている。その瞬間、彼女の心の中に強い思いがわき上がり、全身が熱くなって息が浅くなったあと、眠っていた〝女〟の部分が一気に目を覚ました。

蒸し暑い八月の空気はうまく肺に入っていかないようで、めまいがしたシドニーは大きく息を吸った。彼のはずがない。きっと幻だ。

シドニーは顔を上げ、またもめまいに襲われた。目の前のアレクシオは幻ではなく、見とれてしまうほどの体をしている。こんな見た目をしている男性は反則だと思い、シドニーは眉をひそめた。最後に会ったときよりも痩せたように見えるけれど、アレクシオが人目を引くのは変わらなかった。現に、今通り過ぎていった女性は振り返って彼を見ていた。

燃え上がった怒りに藁《わら》をもつかむような気持ちでしがみつき、シドニーは吐き捨てるように言った。

「なんの用？」アレクシオは淡いブルーのシャツと黒っぽいズボンという姿で、今さらながら彼女は、自分がボタンをはずしたスキニージーンズにゆったりとしたノースリーブのチュニックという、ひどい格好をしていることに気づいた。しまったと思ったあと、安堵《あんど》を覚える。この服装なら、おなかのふくらみには気づかれないだろう。

認めたくはないけれど、彼はすぐ会いに来なかったという事実が胸を刺し、みじめな気分だった。

心にくすぶっていた憎しみが息を吹き返し、力を与えてくれた。「なんの用なの？　あのヴィラから出ていくときには、何も持っていかなかったはずだけど」

「ああ」アレクシオは重々しく言った。「君が残していったものならあるが」

シドニーはぽかんとした。少しして小切手が頭に浮かび、怒りはますます激しくなった。今になって彼が現れたわけが腑《ふ》に落ちて、語気を荒らげた。

「ヴィラに戻ったのね？　そこで、わたしがあなたの大事な小切手を現金化していないとわかったんでしょう？」

「そうだ」

怒りがわずかにしぼんだ。シドニーがお金を受け取らなかったことは、当然、アレクシオにもわかっているものだと思っていた。しかし、私が小切手を現金化したと、彼は思いこんでいたらしい。もっとも、だからといって何も変わらない。

「それに、これがあった」

シドニーは着古したセーターを見た。そのとたん、飛行機で出会ったときの思い出がよみがえってきて、顔を上げ、険しい口調で言った。「わざわざ私のセーターを届けに来たの？」アレクシオが口元をこわばらせたのを見て、彼女はそわそわし始め、腕時計に視線をやると、あえてなめらかな口調で言った。

「ねえ、できればもう少しおしゃべりしたかったけれども、これから仕事があるのよ。だから、悪いけど……」

きびすを返し、歩き始めたところで腕をつかまれて、心臓が跳びはねる。シドニーは振り返って、低い声で言った。

「放して、ミスター・クリスタコス。話し合うことなんて何もないわ」おなかの子供の父親があなただということ以外は。けれど、シドニーは良心を押し殺した。平静を装っていられなくなる前に、アレクシオから離れなければ。

アレクシオは、シドニーを再び目にしたとたん襲いかかってきた欲望を抑えようとしていた。彼女はずいぶん痩せたようだ。顔の輪郭がよりくっきりして……危うげな美しさをかもし出している。目はやけに大きく、その下にはくまができていて、疲れているようだ。

彼は眉をひそめた。「仕事は終わったばかりじゃないのか？」

シドニーは腕を引き抜こうとしたが、アレクシオはもし今放したら、二度と彼女に会えなくなるのではないかという恐怖を覚えていた。淡い金色の髪は以前よりもくすんでいるが、出会ったときと同じようにひとつにまとめられていて、長い首がことさら細く見える。

「仕事を掛け持ちしているの。昼と夜と。さあ、もういいでしょう。遅刻したくないわ」

「送っていこう」良心の呵責《かしゃく》が強くなり、アレクシオはとっさに言っていた。彼女は僕の金を受け取らず、仕事を掛け持ちしている。借金を返すためだろうが、彼女が作ったわけではない。初めから、シドニーに金をせしめる気はなかったのか。もしそれが本当だったとすると、めまいがしそうだ。

シドニーがとうとう腕を引き抜き、アレクシオをにらみつけた。「けっこうよ。送ってほしくないし、何もしてほしくない。もう帰って。私のことは放っておいてちょうだい」

改めてきびすを返し、シドニーは足早に歩き始めた。バッグを肩からかけた姿は子供のように見え、アレクシオは顔をしかめた。彼女がどういうつもりかわかるまで、引き下がる気はない。拒絶されたせいで、その決意はますます固くなった。

ただ、この場は自分を抑えることにして、アレクシオは地下鉄の階段へと消えていくシドニーを見送った。それから携帯電話を取り出し、あるところへかけた。

8

その晩、モロッコ料理のレストランを出たとき、シドニーは泣きたくなるほど疲れていた。アレクシオに会ったあと、動揺は治まらなかったうえ、また彼が現れるのではないかとそわそわし続けていた。

憔悴《しょうすい》しきったアレクシオの顔が脳裏から離れない。彼からはプレイボーイらしい雰囲気も消えていた。

それでも……シドニーは唇を引き結んだ。彼を追い払ったのは正しかった。アレクシオは現金化されなかった小切手の謎を解きたいのだろうが、だからといって、またしても私の人生に踏みこんでくる権利はない。

身辺調査をされたことも、つらい過去を突きつけられ、非難されたことも絶対に許せない。誤解だと言っても、彼は聞く耳を持たなかった。母に犯罪歴があるから、娘も罪を犯して当然だと思っていたのだ。叔母との電話を聞かれてしまったのは、運が悪かったとしか言いようがない。

叔母のアパートメントが見えてきたとき、シドニーは見覚えのある車が停《と》まっていることに気づいた。シドニ車高の低いスポーツカーは明らかに場違いだった。シドニーの胸が高鳴った。車の中には誰もおらず、アパートメントの一階の明かりが煌々《こうこう》と灯《とも》っている。叔母はふだんなら寝ている時間で、シドニーは慌ててアパートメントに入った。

部屋に飛びこむと、そこには家庭的な光景が広がっていた。ジョセフィンは紅茶のカップを手にちょこんと椅子に腰かけていて、アレクシオがその向かいに座り、コーヒーを飲んでいる。

叔母はすぐさまシドニーを迎え出て、両手を握った。シドニーはアレクシオをにらんだが、彼の表情は読めなかった。ただ、その目は険しく、あの日と同じように暗いまなざしをしていた。

「シドニー、お友達が訪ねてきてくれたわよ。あなたの帰りを待つように勧めたの。私たち、とっても楽しくおしゃべりしてたのよ」

そのとき、アレクシオが立ち上がったので、こぢんまりとした部屋がますます狭く見えた。シドニーのおなかを指差し、なめらかなフランス語で言う。

「おめでたいことがあるようだな？」

シドニーは青ざめた。まさか、叔母が話すはずは……しかし、ジョセフィンは隠し事が苦手だ。シドニーはこわごわと叔母の顔を見た。叔母は何かがおかしいと気づいたようで、口ごもりながら言った。

「あの、もう寝る時間だわ。あとは若いふたりでどうぞ」

ジョセフィンは部屋から出ていき、シドニーはアレクシオと向き合うしかなくなった。部屋の空気は張りつめている。

「妊娠しているのか?」

シドニーはアレクシオの殺気だった表情に怖《お》じ気《け》づくまいとした。「ええ」しぶしぶ答えた。「妊娠しているわ」

彼はかすれた声できいた。「誰の子だ?」

そこを疑われるとは考えてもみなかったので、シドニーは目を見開いた。口を開いても、怒りのあまり、言葉が出てこない。頭に血をのぼらせて、つかつかと彼の前まで歩いていき、両手を腰に当てて端整な顔を見上げた。

「さあ」シドニーは皮肉たっぷりに言った。「あなたに捨てられたあと、三人と同時に付き合ったから、この子の父親はトムでもディックでもハリーでもおかしくないわ。生まれるまでわからないわね」

アレクシオは無言でシドニーを見つめている。

シドニーは彼の胸を指で突いた。「父親はあなたよ。決まっているでしょう」ジョセフィンには聞こえないように、小声で言った。

アレクシオは呆然《ぼうぜん》として、シドニーの怒りの表情を見つめていた。心が麻痺《まひ》したようだが、そのことがありがたかった。そもそもなぜデメトリアスは、彼女の叔母に軽い障害があると伝えそこねたのか?

そのうえ、今度は……赤ん坊だ。最初アレクシオは、自分の子供のはずがないと思おうとした。避妊は毎回していた。ただし、クラブから帰ってきた夜、ヴィラに入る間も惜しんで車の中で体を重ねたときだけは別だ。あれからおよそ十六週間たつ。そのあいだ、まわりの世界はぼんやりとしていたが、それが突然、何もかもくっきりしてきた。

心のどこかには、ここから立ち去りたいという思いもあった。恐れは大きく、子供を持つ心構えもまだできていない。自身の子供時代を振り返ればなおさらだった。

子供のいる未来を――遠い未来に理想的な妻と家庭を築くことなら、思い描いたことがある。昔からアレクシオは、自分の子供には結婚の醜い現実を見せまいと決めていた。いつか結婚するなら、妻との関係は沈黙や口論、嫉妬、暴力に満ちたものではなく、敬意と愛情に満ちていなければならない。

「それで？」シドニーは腰に手を当て、問いつめるように言った。「何も言うことはないの？」

言いたいことは山ほどあるが、今はむしろ彼女の口を自分の口でふさいでしまいたい。視線を落としたアレクシオは、小さくふくらんでいるおなかを見て心の中の何かが崩れ、粉々に砕けるのを感じた。

シドニーが子供を守るようにおなかに手を当て、アレクシオはかっとなった。子供の存在を僕に隠し通すつもりだったのか？

アレクシオは思わず非難がましい口調で言った。

「なぜ僕に知らせなかった？」

シドニーは苦い笑い声をもらし、一歩後ろに下がった。アレクシオの近くに立っていると、心も体もとろけてしまいそうになる。ようやくつわりが治まって人間らしい気分が戻ってきたというのに、欲望に振りまわされるのはごめんだ。

彼女はきつく腕を組んだ。「金目当てだと責められたあとで、私があなたに知らせると本気で思うの？　勝手に身辺調査をされ、いわれのない非難を受けたあとなのに？」裏切られたという思いがよみがえり、疲れすぎていて感情を抑えることができない。シドニーは玄関のドアを指差した。「もう帰って。私、明日も早いの」

アレクシオは目を見開いた。立っているとその姿はことさら大きく見え、その腕の中に飛びこんで抱きしめてほしいとすがってしまいそうになり、シドニーは歯を食いしばって視線をそらした。

「僕が黙って立ち去るとでも？」

シドニーはうなずいた。「ええ、話し合うことは何もないわ。さあ、帰って」

アレクシオの声は怒りでこわばっていた。「僕がおなかの子の父親なら、話し合うことは山ほどある。それに、君は金を受け取らなかった理由をまだ話していない」

「お金を受け取らなかったのは、あなたのお金に興味がないからよ。あのときも、今も。こそこそと私の人生を嗅ぎまわったことは絶対に許せないわ。何年も前に母のしたことで、あなたに責められる謂《い》われはない。母はその報いを受けたし、私も父も報いを受けた。あなたとは二度と関わりたくないし、顔も見たくないの」

玄関まで歩いていったシドニーは、ドアを開けると、アレクシオを見ずに言葉を継いだ。

「明日は五時起きなの。出ていかないなら、警察に電話して、あなたにつきまとわれていると話すわ」

いらだちの声をあげたものの、アレクシオはドアのところまで来た。けれど、シドニーはそちらに目を向けなかった。

アレクシオはきっぱりと言った。「これで終わりじゃないぞ、シドニー。話はしてもらう」

「帰って、アレクシオ」懇願するような口調になってしまったことがいやでたまらない。それでも、彼は出ていった。


あれから三日間、アレクシオはシドニーに拒まれ続けていた。取りつく島もない。ホテルから出てくるのを待っていようと、カフェの前で待ち構えていようと、夜、モロッコ料理のレストランでの仕事が終わったあと、家まで送っていこうと申し出ようと、シドニーは口をきこうとしなかった。

アレクシオは業を煮やしていた。シドニーの気持ちは明らかで、本気で僕と関わりを持ちたくないと思っている。助けを求めるくらいなら、アルバイトをいくつも掛け持ちしたほうがましなのだ。しかし、彼も引き下がる気はなく、すでに今後のために動き始めていた。シドニーは僕の子を妊娠している。その事実はすべてを変えた。

とにかく話し合わなければならない。それに、シドニーがいくら疲れきって見えても、アレクシオの体は欲望で燃えていた。レストランの表に車を停めて待っている今も、黒いスカート、薄手のストッキング、黒いシャツという制服姿の彼女から目を離せない。エプロンをつけていても、おなかのふくらみは隠せていない。そして、おなかの子は僕の子だ。

子供ができた、という事実を考える時間はたっぷりあった。意外にも、罠《わな》にかけられたという気持ちになることはなく、アレクシオの胸には興奮と感動が芽生えていた。

甥《おい》のマイロのことを思い、もし息子だったらどうだろうかと考えた。あの子のようにおませでかわいらしい子だったら、あるいは、シドニーに似た金髪の女の子だったら？　そうしたことを思い描くと、胸が締めつけられるようで、そのたびに深呼吸をしなければならなかった。

今、シドニーは客の男たちから注文を取っている。疲れているだけでなく、いらだってもいるようで、その顔は青白い。

男たちのひとりが彼女の腕に触れたとき、アレクシオの視界が赤く霞《かす》んだ。考える間もなく車から降り、狭いレストランの中に飛びこんだ。

「お客様」シドニーは必死に口調を抑えて言った。「手を離してください」

「俺に指図するな。こっちは客だぞ」

シドニーはぞっとしたものの、疲労がひどすぎて、手を振りほどく力がわかなかった。そのとき、外の暖かな空気が吹きこんできて、反射的に振り返った。アレクシオが険しい顔でこちらに向かってくる。視線は、男の手がつかんでいるシドニーの腕に据えられていた。

シドニーの心臓が跳びはねた。車が表に停まっているのには気づいていた。三日間、無視し続けたにもかかわらず、アレクシオがいることを喜ぶ気持ちもあった。今、彼は真後ろに立っていて、シドニーは思わずもたれたくなった。はっとして背筋を伸ばし、ふいに増した疲労感と闘う。

アレクシオの声は険しかった。「その手を離せ」

がっしりとした男は酔っていて、腕をさらにきつくつかまれたシドニーは、あっと声をあげた。アレクシオが手を伸ばし、男の指を腕から引きはがす。

と同時に後ろからシドニーを抱き寄せ、もう片方の手をおなかのふくらみにそえた。

触れられたところが焼けつくようだ。アレクシオがシドニーの体の向きを変えさせ、顔を見つめて何か言っている。しかし耳鳴りがするせいで、声が聞き取れず、頭がくらくらする。

幽体離脱でもしたように、シドニーは自分の姿を客観的に見ていた。いかにもか弱く無力な私を、アレクシオが大きな手で支えている。自分にいやけが差した次の瞬間、すべては暗闇に包まれた。


シドニーは暗く静かな場所にいた。ただ、どこか近くから、小さなブザー音が聞こえている。だんだん意識が戻ってくると、記憶もよみがえってきた。

アレクシオ。

赤ちゃん。

ジョセフィン叔母さん。

シドニーはぱっと目を開け、明るい光と部屋の白さに顔をしかめた。腕を動かそうとしたが、何かに引っ張られる。そちらを見ると、手の甲からチューブが伸びていた。

少し頭がぼんやりする。大きなものが動くのがちらりと見えて、それからアレクシオが視界に入ってきた。シャツはくしゃくしゃで、顎には無精ひげが生えている。

ブザー音が速くなる。

とっさにシドニーはおなかに手を当てた。ふくらみを感じても、アレクシオを見て尋ねる。「赤ちゃんは？」

彼は渋い顔をしていた。「無事だ」

「ジョセフィン叔母さんは？」

「大丈夫だ。ひと晩じゅうここにいたんだが、少し前に家に帰した」

「ひと晩じゅう？」

「君はレストランで倒れたんだ。僕の車で救急病院に運んだ。すぐに点滴を受けたが、八時間近く意識を取り戻さなかった」

「私、どうなるの？」

アレクシオはいくらか表情をゆるめた。「医者の話では、疲労とストレスで体が弱っていたそうだ」

「そう」

彼がまた顔をしかめる。「倒れるほどがんばりすぎるとは……」

胸の奥から何かがこみ上げ、喉が締めつけられるようで、シドニーは目をそらした。うわずった声で言う。「病院に運んでくれてありがとう。もう帰ってもらっても大丈夫よ」

ベッドの横へまわってきたアレクシオが、再びシドニーの視界の中で腕を組んだ。「帰るものか」

そのとき、病室のドアが開き、医師と看護師が入ってきた。

医師はフランス語で言った。「お目覚めか！　まったく、肝が冷えたよ」

検査を受け、アレクシオに聞いたことを医師の口からもう一度聞かされるあいだ、シドニーは彼の存在を意識から締め出そうとしていた。

ほどなく、医師はベッドの脇に座って言った。「念のため、これから超音波検査をしておこう」シドニーの顔から何かを読み取ったらしく、慌てて言い足す。「いや、不安な要素があるわけではなく、確認のためだ」

数分後、シドニーはストレッチャーで院内の別の場所に運ばれた。アレクシオがそばについていることに、彼女はどうしていいかわからなかった。彼が見ているところで検査を受けるの？　こんなことになるとは思ってもみなかった。

検査室に入ったあとは、何もかもあっという間だった。おなかに冷たいジェルのようなものを塗られたとき、裸はもうさんざん見られたはずなのに、シドニーは彼の目が気になってしかたがなかった。

医師が探触子《プローブ》をおなかに当てたとき、せわしない音が部屋に響いた。赤ちゃんの心音だ。すぐさま、シドニーの目はスクリーンに釘《くぎ》づけになった。ぼんやりとした灰色の映像が映っているのを見て、再び胸がいっぱいになる。

数分後、医師はほほえんだ。「すべて正常なようだね。健康な赤ちゃんだよ、シドニー。少し小さいが、きちんと育っている」それから、シドニーとアレクシオを見た。「性別を知りたいかな？　すでにはっきりしている」

シドニーはアレクシオに目を向けた。アレクシオがおなかの子の父親だとしても、当然のように連れ合いだと見なされたのがなんだか悔しい。

彼は不可解な表情を見せたあとで言った。「君に任せる」

シドニーはどうにかアレクシオから視線を離し、医師に戻した。そして、ためらいがちに言った。「ええと……知りたいかも」それから、ふいにわくわくしてきて、もっとはっきりと言った。「ええ、知りたいわ」

医師はにっこりした。「おめでとう、生まれるのは女の子だよ」

胸に喜びが広がると同時に、隣から喉を詰まらせたような音が聞こえた。画面をひたと見つめるアレクシオは、見たことのない表情をしている。どうやら感動しているらしい。

シドニーの胸は締めつけられた。こういう場面は思い描くまいとしてきたのに。さらに、医師は彼女のおなかのジェルをふき取って言った。「早く体力を取り戻せるように、もうひと晩、入院してもらうよ。そのあとは元気になるまで、ここにいる君のパートナーがしっかりと面倒を見てくれると思う」

シドニーはアレクシオの決然とした顔から、同じくらい厳しい顔をしている医師に視線を移した。〝パートナー〟という言葉に、さらに胸が締めつけられる。この三日間を思えば、体も気持ちも弱っている今、彼を振り払える可能性は限りなく低い。

彼女はアレクシオを見つめて尋ねた。「私には決定権がないんでしょうね？」

「そうだ」アレクシオは当然のように言った。

話は決まりだった。

一週間後

「あなた、何をしたの？」シドニーはかっとなって言った。脈拍がぐんと上がり、不安でおなかのあたりが落ち着かず、無意識のうちに手を当てていた。アレクシオの視線がそこに落ちたのにも気づかないほど、シドニーは怒っていた。

ここはリュクサンブール公園を望む美しいアパートメントで、アレクシオはそのリビングルームの向こう側からシドニーを見ている。濃いグレーのシャツに黒いズボン、という格好の彼を意識してしまうのが腹立たしい。

アレクシオの声は低かった。「ジョセフィン叔母さんが秘密にしておけないことは、予想しておくべきだったよ。あと数日は君を休ませたいから、まだ何も言わないでほしいと頼んだんだが」

シドニーはつい先ほど聞いた話をまだ信じられずにいた。アレクシオと叔母がいい関係を築いていることも驚きだ。

アレクシオの借りたアパートメントで暮らし始めてから一週間がたっていた。そのあいだ、彼は距離を保ちつつも、あれこれと気をつかってくれた。毎日シドニーのようすを見に来ては、向かいのリュクサンブール公園に連れ出し、外の空気を吸わせる。口をつぐみ続けてもまったくかまわないようすの彼のそばにいると、シドニーは怒り続けるのが日に日に難しくなっていった。

しかし今、その怒りが戻ってきた。

叔母はアレクシオの運転手に付き添われて家に帰ったばかりだが、その前に秘密を明かしていった。だからアレクシオの書斎に直行し、ノックもせずにドアを開けて言ったのだ。「話があるわ」

衝動的な行動を悔やむ前に、シドニーはきびすを返し、広いリビングルームに入った。こぢんまりとした書斎よりはずっといい。しかも、書斎を毎日訪ねてくる秘書はもう帰っている。

腕を組んだシドニーは、胸がひどく敏感になっていることに気づいて顔をしかめた。胸はずいぶん大きくもなっていて、彼女は刺々《とげとげ》しく言った。「質問に答えて」

アレクシオはまるで動じず、そびえるように立ったままだ。一瞬、彼と肌を重ね、みずから脚を開いて受け入れたことをまざまざと思い出して脚から力が抜けそうになったが、シドニーはどうにか踏みとどまった。

ありがたいことに、記憶がそれ以上よみがえる前に、アレクシオが口を開いた。「借金をすべて返済し、叔母さんの家の抵当をはずしたんだ」

あれだけの負債をいとも簡単に返せた彼に、シドニーはひどく混乱した。

「どうしてそんな勝手なまねをしたの？」彼女は震えていた。怒りではなく、彼の近くにいるからかもしれないと思うと恐ろしい。

アレクシオは目を細くした。「君が僕の子を妊娠していて、今や僕たちは家族だからだ。君と子供だけでなく、ジョセフィン叔母さんの面倒を見るのも僕の責任だ」

爪が肌に食いこむくらい、シドニーはさらにきつく腕を組んだ。叔母との暮らしに無理やり入りこんでくるようなアレクシオのやり方に傷ついていた。

「私たちのことに責任を持ってもらわなくていいのよ。あなたに助けを求めるつもりはなかったし、何も望んでいないんだから。元気になったらすぐにここを出て、また仕事を見つけるわ。立て替えてもらったお金は返します」

アレクシオは口元をこわばらせた。「君の言いたいことはよくわかった、シド。僕たちの子供の健康よりも、自分のプライドを選ぶんだな」

その言葉はぐさりとシドニーの胸に突き刺さった。それから、〝僕たちの子供〟と〝シド〟のふたことにもショックを受けた。

どうにか気持ちを落ち着け、シドニーは静かな声に怒りをにじませた。「そんなふうに呼ばないで。私の名前はシドニーよ。それに、私の子供を危険な目にあわせるつもりはないわ。お忘れかもしれないけど、私がこれからも働かなければならないのは、金目当てだとあなたに非難されたからよ。また同じように責められるくらいなら、仕事をしたほうがずっといいわ」最後のほうは涙声になり、彼女は体の向きを変えて顔を隠した。彼が後ろに来る気配を感じて、低い声で言う。「近寄らないで」

アレクシオが足を止めたとき、シドニーの目からは涙がこぼれそうだった。彼なんて大嫌い。心の中でそう繰り返し、冷静さを保とうとした。

こわばった声が背後から聞こえる。「シドニー、そのことも話し合わなければならない。あの日、僕は早まった判断をしたと気づいたんだ。君の言葉を聞こうとしなかった」

しゃくり上げるような笑い声をたて、シドニーは苦々しく言った。「ええ、私がお金目当てで近づいたと決めつけて、正体を暴いてやろうとうずうずしていたわよね」

ため息が聞こえた。窓の外では日が暮れようとしている。口を開いたアレクシオの声はかすれていた。「シェフが食事を用意してくれた。それを食べてから話さないか？」

ふいに怖じ気づき、シドニーは何か言い訳をして立ち去りたくなった。しかし体調はよかったから、腕を組んだまま振り返り、アレクシオに向き合った。まっすぐなまなざしを見て、肌がぞくりとする。会話が中断したままの状態には耐えられなかった。

「ええ、いいわ」

数分後、アレクシオはダイニングルームでチキンの煮込み料理を取り分けていた。ふたりは無言で食事をしているが、シドニーの中では緊張が募っていた。アレクシオの大きな手が自分の肌に触れたときの感触を思い出すまいと必死だったのだ。

しかしこうして食事をしていると、ロンドンでの一夜の記憶が、初めての夜の期待と興奮がよみがえってしまう。あの夜と同じ気持ちで体はぞくぞくし、胸はますます敏感になっているようで、アレクシオの口がそこに近づいてくるところを想像せずにはいられなかった。

いらだちから、シドニーはナイフを皿に落とした。彼が顔を上げ、彼女のほてった顔を見つめる。シドニーは立ち上がった。「もういいわ。その、食事は」ああ、言葉さえうまく出てこない。アレクシオはナプキンで口をぬぐった。「コーヒーは?」

鋭い視線から逃れたい一心で、シドニーはうなずいた。「ハーブティーなら……。今日、家政婦さんが買ってきてくれたの」

立ち上がったアレクシオは部屋から出ていった。再び燃え上がった欲望を呪いながら、シドニーはリビングルームに戻って窓辺に行った。どうか自分を抑えられ、胸の不安が静まりますように。

おなかに手を当て、強い違和感に眉をひそめたとき、シドニーはあることに気づき、あっと声をあげた。

心配そうな声がした。「どうした?」

シドニーはくるりと振り返った。たった今の発見で、ほかのすべてを忘れていた。「この何日か、胃の中で蝶がはばたいているような感覚が続いていたんだけど、これは――」彼女ははたと口をつぐんだ。〝これはあなたのそばにいるせいだと思っていた〟と口走るところだった。顔を赤らめ、改めて言う。「赤ちゃんよ。赤ちゃんが動いているのがわかるの」

アレクシオがどんな顔をしたか見る前に、シドニーは差し出されたハーブティーのカップを受け取った。ふと、彼がおなかに手を当てるところが思い浮かび、慌てて言いたした。

「それほど強い感覚じゃないから、ほかの人にはわからないと思うけど……」

カップを手にしたまま窓辺から離れ、真っ赤な顔を隠すために、ハーブティーをひと口飲んだ。

シドニーがそそくさと離れていくさまを見て、アレクシオは歯を食いしばった。金色の髪は輝きを増し、元気を取り戻しているが、そこに顔が隠れている。よく休み、しっかりと食べるようになってまだ数日とはいえ、ずいぶん回復したようだ。こけた頬も元に戻ってきた。

今にも内側から欲望がはち切れそうだ。一秒また一秒と過ぎるたび、野獣に変身してしまいたいという衝動が強くなっていく。

だが、できない。シドニーは妊娠している。そして、心の底から僕を憎んでいる。

レギンスとぶかぶかのTシャツという姿のシドニーは、やけに年若く見えた。服を買おうというアレクシオの申し出は当然断られたため、ジョセフィンが何着か買ってきてくれた。

アレクシオがほっそりとした脚から引き離した視線を顔に移したとき、シドニーはアクアマリン色の瞳をこちらに向けていた。

「どうして私の身辺調査をさせたの？」

アレクシオはまっすぐ彼女の目を見た。正直に答えるのが筋というものだ。「僕たちのあいだで起こったことに不安を覚えたからだ。サントリーニ島のヴィラに女性を連れていったのは初めてだった。僕は世をすねて生きてきたが、君といるときはそうするのを忘れてしまう。そのことにひどくうろたえ、君の身辺調査をすれば、自分らしくいられるとまで考えるようになったんだ」

9

シドニーはまばたきをし、アレクシオの言葉を理解しようとした。高いところから突き落とされたように胃が落ち着かず、体がふらつく。「ええと……サントリーニ島のヴィラには、ほかの女性を連れていったことがないの？」

アレクシオはうなずいた。彼女の反応を見ようと、じっと視線をそそいでいる。

シドニーは驚きを隠せなかった。そのとき、あることに気づいた。「でも……あの服は……。前の恋人たちのものじゃ……」舌がもつれる。

眉をひそめ、アレクシオは吐き出すように言った。

「なんてことだ。僕がそんなまねをすると思ったのか？　どんな女性のサイズにも合うように、ウォークインクローゼットいっぱいの服を買ったと？」

シドニーは恥ずかしさで真っ赤になり、アレクシオをにらみ返した。「だって、そんなことが私にわかるわけないでしょう？　あそこは恋人と過ごすための隠れ家だと思っていたんだもの」

アレクシオは髪をかき上げ、ひとりごとのように言った。「君のようすがおかしかったのも……それでいて何も言わなかったのも納得だな」

今度はシドニーが眉をひそめる番だった。「世間知らずだと思われたくなかったの。あなたはそういうことに慣れた女性たちと付き合ってきたのかもしれない、と思って……」

あの服は私ひとりのために用意されたもので、お下がりなんかじゃなかった。めまいがする。疲れたと言って逃げ出してしまいたい。しかし、アレクシオはそうすることを許さないという表情をしている。

近くのソファに腰を下ろし、シドニーはカップをテーブルに置いた。膝の上で両のこぶしを握り締め、震えを抑えようとする。

アレクシオは窓辺に歩いていき、こちらに背を向けたまま、長いあいだ黙っていた。シドニーと同じように、気持ちの整理をつけようとしているようだ。ようやく振り向いたとき、その顔は険しかった。

「あの日、僕の弁護士から電話があって、君の過去についての話を聞いた。僕は、母親の件は君とは関係がないと言ったんだ。しかし、君が叔母の借金を肩代わりしていると聞かされたとき、心に疑いが芽生えた。なぜ君はそのことを話さなかったのか。どうして肩に大きなものを背負っていると思わせないようにふるまうのか、不思議だった」

シドニーは苦い口調で答えた。「あのときの私は問題から逃げていたから、あなたに話す気はまったくなかった。話してどうなるの？　あなたと一緒にいられるのはほんの数日だけだったわ。もともとひと晩だけのつもりだったんでしょう？」

彼の巧みな誘い方と、やすやすと身を任せた自分を思い出したせいか、最後は責めるような口ぶりになってしまった。

「叔母はこの時期に毎年、気心の知れた人たちと旅行に行くの。だから、少しだけ羽を伸ばしても大丈夫だと……」

アレクシオは硬い声で言った。「弁護士は僕の頭に疑いの種を植えつけたが、僕は最悪の可能性を信じなかった。弁護士にもそう言い、調査を頼んだ自分に腹を立てたよ」ため息をつく。「だから電話を切って、君をさがしに行った。調査の一件を打ち明けて直接きこうと思ったんだが、そこで君が電話で話すのを立ち聞きしてしまったんだ」

衝撃は大きく、一瞬、シドニーは息ができなくなったように感じた。「あの会話を有罪の証拠だと考えたのもしかたないわね。でも、叔母は取り乱していたの。借金を返せないとどうなるか、誰かがあることないこと吹きこんだのよ。叔母がどんな人かは、あなたももうわかるわよね？　あのときは、ヒーローが現れて助けてくれるというようなわかりやすい話しか通用しなかったの。私がそばにいて安心させてあげられるなら別だけど、いない以上は、仕事をして少しずつお金を返していけばいいと言っても、信じてもらえなかったから」

シドニーは〝彼は私にぞっこんなの〟のくだりを思い出し、うつむいて肩を落とした。

「私もうろたえてしまって、最初に思いついたことを話したのよ」

顔を上げても、アレクシオの表情は読めなかった。まだ信じてもらえないのだろうか？　そう考えるとやりきれなかったが、アレクシオがそばに来て近くのソファに座り、シドニーを見た。

「君の母親のことを話してもらえるか？」

あなたには関係がないと言いかけたとき、シドニーはまたおなかが震えるのを感じた。私たちには娘ができる。アレクシオには真実を知る権利がある。

シドニーは深いため息をついた。あの一件については誰にも話したことがない。彼の冷静な視線を意識しないほうが話しやすい気がして、シドニーは立ち上がり、窓辺に行って両腕でおなかを抱いた。

「母と叔母はひどく貧しい家庭で育ったの。ふたりの母親――つまり私の祖母は祖父に捨てられ、女手ひとつで娘ふたりを育てなければならなかった。しかも、娘のひとりは障害を持っていて、祖母はお酒に逃げたわ。それに精神的な問題というか……鬱病にもかかっていたから、当然のように、娘たちはほったらかしよ。祖母が亡くなったとき、母は十七歳で、ジョセフィン叔母さんの面倒を見なければならなくなったことに……腹を立てていたわ。若くて、輝くように美しかったから、厳しい現実を捨てるチャンスを喉から手が出るほどほしがっていたの」

シドニーは振り返った。

「母がここまで話してくれたことはなかったけれど、ジョセフィン叔母さんの話で、つらい人生だったことはよくわかったわ。母は二十歳のときに地元の美人コンテストで優勝し、その賞品のひとつが次の大会があるダブリン行きのチケットだったの。そしてダブリンに行き、二度と戻ってこなかった。叔母は社会保障を受けながら自活するしかなくなったから、父は余裕ができるとすぐ、叔母に今のアパートメントを買ってあげたの。母の仕打ちを知って、いつも申し訳ないと思っていたから」

こみ上げる恥ずかしさをシドニーは抑えつけ、アレクシオを見つめ続けた。母の恥を自分の恥にしてはならない。

「私の本当の父親は母が結婚した相手ではなく、昔関係を持っていた既婚男性よ。実の父は語学学校の経営者だった。母はコンテストの賞金で、その学校の英語コースに通っていたの。でも妊娠がわかったとたん、彼は母を捨てたわ。私の育ての父が母に出会ったのも同じころよ。父は母に夢中で、事情を知っていながら、結婚を申しこんだの」

シドニーはわずかに顎を上げた。

「母は欲が深くて、身勝手な人だった。叔母と私ほどそれをよく知る者はいないわ。でも父はあれだけの恥をかかされたあとも、母を支え続けた。母が訴えられたせいで、私たち家族は地獄を見たのよ。それでも、本当の子供みたいに私をかわいがってくれた。二年間、母が刑務所に入ることになると、八歳だった私は学校でからかわれるのを毎日我慢しなければならなかったわ。母が出所するまで、引っ越してはいけない決まりだったから」

声は熱を帯び、震えていた。

「それからずっと、誰かに母の過去を知られることを恐れて生きてきたわ。だから、話さなかったの。でも、私は母じゃない。あの母にしてこの娘ありなんて、決めつける権利はあなたにはないのよ。いくら証拠をつかんだと思ったからって……」シドニーはアレクシオの非難の言葉を思い起こした。「たとえ宝石が好きだ、と私があなたに言ったとしてもね。私は女なのよ、アレクシオ。きらきらしたものが好きな女性は大勢いるわ。だからといって、全員がお金目当てなわけないでしょう」

アレクシオが立ち上がると、たちまちその存在を意識し、シドニーは一歩下がった。ふたりのあいだで何かが張りつめていく。

彼の口元はこわばっていた。「弁明のチャンスさえ与えなかったことはすまなかった。そのせいで、僕は誤解し、君は数カ月もひとりで苦労することになってしまったな。しかし……」アレクシオの顔がこわばり、声がうわずる。「君の妊娠は残念だと思っていない。僕もその子を望んでいる」

彼が近づいてきたとたん、期待で全身に力が入ったのを、シドニーは無視しようとした。

重々しい口ぶりで、アレクシオは話を続けた。「あんな結論に飛びついた理由を話しておくべきだろう。母は誰よりも皮肉屋だった。僕がまだ幼いころに、人を信じるなと教えるような女性でね。おかげで僕も同じように皮肉屋になり、似たタイプの女性とばかり付き合ってきたんだ。だが、君はそういう女性たちとはまったく違っていた」

その言葉は衝撃的で、シドニーの頭の中で何度もこだました。お互いの告白で、心はぐらぐらと揺れている。胸はきつく締めつけられて苦しいほどなのに、同時に何かがほどけていくようにも感じていた。

アレクシオは言葉を継いだ。「両親は幸せな夫婦ではなく、愛のない不毛な関係だった。父の跡を継がなかった理由は以前話したが……それだけではないんだ。一度、父は母を殴ったことがある。僕は急いで父を止め、母を守ろうとした。しかし、母は僕をその部屋から追い出し、中に戻って、ドアを閉めた。僕を締め出したんだ」

アレクシオは口元をゆがめた。

「僕に守られることなど、母は望んでもいなかったし、必要ともしていなかった……殴られたときでさえだ。それ以来、僕は父と縁を切ることにした」

胸がつぶれそうで、シドニーは心の壁がしだいに崩れていくのを感じた。気づけば、ふたりのあいだには数センチの距離しかない。いつの間にこんなに近づいたの？

彼がシドニーの腕をつかむと、てのひらの熱が肌に伝わってきた。

「すまなかった、シドニー。心から謝りたい」

ふたりのあいだには、はかなく、それでいて素朴な何かが生まれていた。しかし、シドニーはめまいに襲われ、腕を引き離して弱々しく言った。「もう疲れたわ。ベッドに行ったほうがよさそう」

ランプの穏やかな光の中で、アレクシオはシドニーを見つめている。「そうだな」

足を動かすべきだとわかっているのに、つかの間、シドニーは動けずにいた。今、見えるのはあの唇だけで、考えられるのはそこに自分の唇で触れたいということだけだ。ばかなまねをして、本心を見せてしまう前に、早くここから立ち去らなくては。

彼を恐れるようにシドニーは目を見開き、あとずさりをして、リビングルームから自分の寝室に逃げ帰った。何キロも走ったように鼓動が激しく、アレクシオの言葉が頭の中でぐるぐるとまわる。全身の細胞は彼から離れたくない、と抗議しているかのようだ。

体のうずきを意識しないようにして、シドニーはシャワーを浴び、ナイトドレスに着替えてベッドに入った。だが横になった瞬間、眠るのは無理だと悟った。

シドニーはぐっとこぶしを握った。アレクシオの言葉で何かが開き、そこから欲望があふれ出てきたように、彼がほしくてたまらない。痛いくらいに体がうずき、サントリーニ島にいるあいだでさえ経験したことがなかったほどの飢えを感じていた。

ほとんど何も考えず、本能に突き動かされるまま、シドニーはベッドから下りて寝室を出た。リビングルームに戻ってみると、アレクシオは窓辺に立ち、遠くの景色をながめていた。一瞬、シドニーはためらったが、そのときアレクシオが振り返り、引き返すことができなくなった。

彼女は言葉を飾らずに言った。「今すぐ一緒にベッドへ行ってほしいの」

これはきっと夢だ、とアレクシオは思った。ランプの明かりの中、薄いナイトドレスが透けて、シドニーの体のラインがはっきりとわかる。彼女が下着をつけていないのに気づき、アレクシオの血はわき立った。考えごとをしていたはずだが、頭の中はからっぽで、欲望だけが渦を巻いている。

大きくなったらしい胸とおなかのふくらみに、胸の奥底から原始的な喜びがふくれ上がった。僕がまいた種が、彼女のおなかの中で育っている。

シドニーが消えてしまうのが怖くて、アレクシオは声をひそめた。「こっちに来るんだ」

ぎくしゃくとした動きで、シドニーは歩いてきた。ほどなく彼女はアレクシオの腕の中に収まり、ふたりの唇が重なった。

喜びが全身ではじけるのを感じて、シドニーは喉を鳴らした。やっとアレクシオの腕に抱かれ、キスをすることができた。

気づけば軽々と抱き上げられていて、シドニーはアレクシオの首にしがみつき、ますます深くキスに溺れていった。ふたりがようやく唇を離したのは、シドニーがベッドに寝かせられたときで、彼女はアレクシオを見上げた。彼がシャツを脱ぎ、たくましい胸をあらわにする。

アレクシオはさらにズボンと下着を下ろし、堂々たる体躯《たいく》をさらした。外から差しこむ淡い光で、全身がほのかな金色に輝いているように見える。

「君を見たい」その声はかすれていた。

シドニーの体に火がついた。これほど強く彼を求めたことはなく、体を起こしてナイトドレスを脱ぎ始めたが、手つきがおぼつかない。

アレクシオがしびれを切らして言った。「僕がする」そしてナイトドレスを頭から一気に脱がせた。

一糸まとわぬ姿でも、シドニーは恥ずかしいと思わなかった。ただただ、彼がほしい。

アレクシオがシドニーの体に視線を這《は》わせる。やがておなかのふくらみで視線が止まると、息が苦しくなり、シドニーはマットレスに背をつけた。アレクシオがベッドにのぼり、シドニーの脚を開かせてその両脇に手をついた。シドニーが彼の腕に手を置くと、顔が近づいてきて、再び唇が重なる。深く差し入れられた舌がからまるうち、彼女はあえぎ声をあげていた。

やがてアレクシオの唇は顎に触れ、もどかしいほどゆっくりと首を伝いながら下りてきた。とうとう胸の先に口づけされた瞬間、シドニーは叫んだ。前はこんなふうには感じなかった。ここまで強烈な快感ではなかった。

アレクシオはもう一方の胸を手で覆い、そっと愛撫《あいぶ》しながら、胸の頂に触れている。そのあいだ、シドニーは両手で彼の頭をつかんでいた。アレクシオが胸から唇を離した瞬間、シドニーは引き止めるように声をあげたが、がっかりした気持ちは彼がおなかに口づけしたとたんほかのものに変わり、つかの間、欲望はより深い思いにかき消された。

その何かを噛《か》みしめる前に、アレクシオがさらにシドニーの脚を大きく開かせた。腿のあいだの敏感なところに彼の息がかかり、唇が触れたとき、シドニーはこぶしを口に当てて叫ぶのをこらえた。しかし、アレクシオは容赦なく舌を駆使し、シドニーはとうとうクライマックスの波に押し流されて叫び声をあげた。

激しい歓喜に全身を震わせたまま、彼女は初めてアレクシオに抱かれた夜のことを思い出した。今日の激しさには既視感《デジャ・ヴ》がある。早く体の奥でアレクシオを感じたくてたまらず、シドニーは彼の腿に脚を巻きつけてぐっと引き寄せた。

アレクシオはかすれた声で言った。「君を……赤ん坊を傷つけたくない」

「傷つけないわ」

低くうめいて、アレクシオは腰を落とし、じりじりと中に入ってくる。もどかしくなったシドニーが彼をさらに引き寄せると、次の瞬間、一気に奥まで満たされた。胸がいっぱいになって、目に涙がこみ上げ、彼女はきつくまぶたを閉じた。

そしてアレクシオがゆっくりと力強く動くあいだ、うわごとのように〝いつまでもやめないで〟とささやいていた。

クライマックスが近づいてきたとき、目を開けると、アレクシオの緑色の目が向けられていた。ほどなくシドニーは歓喜の頂点を迎え、快感で全身を震わせた。

どれだけたったのかわからないが、淡い月明かりの中、シドニーはうなじにキスをされるのを感じて目を覚ました。新たな期待に肌はぞくぞくしている。アレクシオは彼女をうつ伏せにして、腰を持ち上げ、耳元でささやいた。「膝をつくんだ」

眠気が吹き飛んだ。早く彼がほしくて、すでに息が乱れている。いつもほんの数秒で体に火がついてしまう。シドニーが言われたとおりにして脚を開くと、アレクシオが後ろからのしかかってきた。それからシドニーの両手を取り、頭の上に伸ばさせたので、彼女は枕をつかむ格好になった。

　アレクシオがシドニーの脚をさらに大きく開かせた。こうしていると、信じられないくらい奔放な女になったようだ。あられもない姿をさらしているのに、かつてないほど興奮している。彼はシドニーの背中を撫《な》で、両手で腰をつかんだあと、自分のほうに引き寄せた。

　シドニーがマットレスに片方の頬をつけると、彼の手が脚のあいだに触れる。彼女の準備ができていることを確認してかすかに身を震わせ、アレクシオは欲望の証《あかし》を重ねた。そして一気に押し入って激しく動き始め、シドニーは心が解き放たれるのを感じた。この四カ月間の自制心も憎しみもすべて洗い流されていき、あとには傷つきやすく無防備な、ありのままのシドニーが残っていた。

　動きがさらに激しさを増し、シドニーは何も考えられなくなった。うなじにキスをされ、胸を愛撫されれた瞬間、彼女は三度目のクライマックスを迎えた。

　夜明けの光を浴びて目を覚ましたとき、アレクシオはまぶたを開けず、体に残るけだるい満足感をしばし味わった。しかし、その感覚はしだいに薄れていき、記憶がよみがえってきた。

　目を開けるとベッドには自分ひとりで、乱れたシーツと快感の余韻がなければ、昨夜のことは夢だったのかもしれないと思うところだった。

　なぜシドニーがここにいないんだ？　広すぎるベッドにいらだって、アレクシオはそこから飛び出た。近くに落ちていたジーンズをはき、シドニーの部屋へ向かう。しかし、ドアを静かに開けて中に入ると、胸が締めつけられた。彼女はナイトドレスを着て、両脚を曲げ、横向きで眠っていた。赤みがかったブロンドの髪は顔のまわりに広がり、長いまつげの下の頬は上気している。息は深く、穏やかだ。

長いあいだその寝姿を見つめていたアレクシオは、ふいにぞっとする思いにとらわれた。思えば、僕が信じるものはすべて壊れる運命にあった。今でさえ、母の冷ややかな声が頭の中に響いている。〝何もかも演技なのよ、アレクシオ……。彼女はあなたをだまし、心をつかもうとしているだけ。あなたの子をおなかに宿している女性なら、お金目当てではないと信じさせるのが、何よりの保証になるもの……〟

アレクシオは苦労してその声を頭から締め出した。昨夜シドニーに、父の暴力という何より後ろ暗い秘密まで打ち明けた自分が信じられない。ラファエレにさえ、話したことがなかったのに。母の美しい顔に浮かぶあざは、一生忘れられないだろう。だが、母は悲鳴ひとつあげず、僕に助けさせてもくれなかった。

昨日の夜に聞いたシドニーの話を、アレクシオは思い返した。僕は彼女を信じているし、信じたい。それでも、心の一部は過去にとらわれたままでいる。

ひとつだけ確かなことがある。今後、僕はシドニーと……娘の人生で大きな役割を果たすようになる。その事実は彼女も否定できないだろう。

翌朝、目を覚ましたとき、シドニーの体には心地よいけだるさと、満たされた感覚が残っていた。しかし、彼女ははっと目を開いた。一緒にベッドに行ってと頼みに行くなんて、アレクシオはどう思っただろう？　シドニーは縮み上がったが、そのとき昨夜の会話と、心の中で何かが溶けていったことを思い出した。あんな出来事があったあとでは、もうアレクシオを憎んでいるふりはできない。

私はサントリーニ島でアレクシオに恋をした。いいえ、もしかすると、出会った飛行機の中ですでに恋に落ちていたのかもしれない。誤解されて、彼を憎んだのは本当だけれども、結局のところ思いは止められなかった。

それに、アレクシオの両親の話を聞いたあとでは……。免罪符にはならなくても、彼の幼いころの経験は理解したい。今まで女性と深い関係にならなかったのなら、疑いが芽生えたのも不思議ではない。

突然、夢を見ているような気分に襲われ、シドニーはベッドから出て、シャワーを浴びた。早くアレクシオに会いたい。ひどく無防備な気持ちになったからといって、なぜ彼のベッドから出ていってしまったのかしら？

再会して以来、アレクシオは何も求めず、ただ支えになってくれた。妊娠も驚くほど落ち着いて受け止めてくれたのに、私ときたら何をしたの？　自分の思いの深さを悟られるのが恐ろしくて逃げ出した。おまけに、まだ彼を愛していることを知られるのを怖がっている。

アレクシオが借金を清算してくれたのは、叔母の心を軽くし、私の肩にのしかかっていた重荷を取り除くためだ。けれど私と赤ん坊の体を心配してのことだとわかっていても、不安でたまらない。

彼にとってはたいした金額ではないかもしれないが、やっぱり、お金は少しずつ返すつもりだと言おう。母がしたことのつけを払わせたと思うと、胸が悪くなってくる。

とはいえ、昨夜は……ふたりのあいだで何かが変わったはずよね？　かつてあった絆《きずな》は、完全に失われたわけではないでしょう？

シドニーの鼓動が速まった。ふたりは以前よりも少し深い話ができるようになったかもしれない。お金を返したいという私の気持ちも、彼は尊重してくれるわよね？

朝食の席でアレクシオが新聞を読んでいるのを見つけ、シドニーはほほえみを浮かべた。しかし、彼が冷ややかな顔になると、笑みはすぐに消えた。

「おはよう」

「おはよう」シドニーは小さな声で答えた。黒っぽいスーツに身を包み、洗練されたたたずまいを感じさせるこの男性が、本当に昨夜三度も私に限界を超えさせた人なの？　彼のベッドから出ていったことを悔やむ気持ちが小さくなっていく。

通いの家政婦がシドニーの朝食を運んできた。医師からは栄養たっぷりの食事を勧められているが、今は何も食べられそうにない。

「大丈夫か？」アレクシオの口調は淡々としている。

シドニーはうなずき、昨夜の出来事などなかったかのような彼から目をそらした。

アレクシオが新聞を置いた。「話がある」

シドニーは彼の顔を見た。昨夜の記憶が、じっと見つめてくれた彼のまなざしが脳裏に浮かぶ。

「なに？」

真剣な表情で、アレクシオは言った。「僕たちのこと……ふたりの今後のことだ」

彼女の中で何かが凍りついた。こういう会話をすることは思い描いていたけれど、想像の中のアレクシオは損得を議論するような口調ではなく、もっと心のこもった話し方をしていた。

彼はきっぱりと言った。「こんな中途半端な状態は続けられない。君の体調はよくなってきているし、僕は仕事に戻らなければならない。何か方法を考える必要があるだろう」

中途半端な状態。彼は昨夜もそう思っていたの？　私が彼を愛していると気づいたときに？

シドニーは立ち上がった。アレクシオも立ち上がり、たちまちその場を圧倒した。「何を言っているのか、よくわからないわ」

アレクシオは椅子の背をつかんだ。「これからどこに住むか、僕たちがどう生活していくかを考えるんだ。もちろん、僕は新しい家を買わなければならない。アパートメントは子育てに向かないから……君はここで暮らしたいか？　叔母さんの近くで」

淡々と話すアレクシオに、シドニーは呆然《ぼうぜん》としていた。まるで事務仕事みたいで、じわじわと怒りがわいてきた。「子育ては何かの〝方法〟で片づくことじゃないわ。私たちの娘なのよ」おなかに手を当てると、今ではしょっちゅう感じている胎動が心を落ち着かせてくれた。「あなたとの生活は考えていないわ。今後のことは自分で考えるから、心配してくれなくてけっこうよ」

「それは君が決めることではない、シドニー。君と赤ん坊の面倒は僕が見る」

一時的にでも彼の世話になったことが悔やまれた。

「この子の名前はベルよ。ゆうべの会話があって、何かが変わったと思った私がばかだったわ。私はあなたを――」シドニーはぱっと口をつぐんだ。しゃべりすぎだ。

アレクシオは顔をしかめている。「僕たちの娘に、ベルなどというおかしな名前はつけないぞ」

シドニーは弱々しく言った。「ジョセフィン叔母さんの好きな名前なの」脳天気だった自分が信じられない。またしても、私は同じ過ちを繰り返してしまった。

緑色の目が穿《うが》つようにシドニーを見る。「何が変わったと思ったんだ？」

吐き気がこみ上げ、シドニーは首を振った。過去を打ち明けたのも、セックスに酔いしれて、怒りを水に流してしまったのも間違っていた。もともとは一夜限りの関係で終わっていたはずで、私はそれだけの存在にすぎない。提案は受け入れられない、不毛の関係を続けるなんて冗談じゃない」

「なんでもないわ。提案は受け入れられない、アレクシオ。あなたの都合のいいように、不毛の関係を続けるなんて冗談じゃない」


「僕たちは互いの体を求めている。ゆうべ、そのことははっきりと証明された」

服をはぎ取られたような気分になり、つんと顎を上げて、シドニーは言った。「あれはホルモンの影響だったのよ」

アレクシオはぽかんとしている。「ホルモン？」

シドニーはうなずき、必死に言いつくろった。「本に書いてあったわ。妊娠中の女性の……」シドニーは口ごもり、顔を赤くした。「その、欲望が高まるのはふつうのことなんですって」

彼は怒りの表情を浮かべていた。「ホルモンのせいだと？　ゆうべの君の欲求は、ほかのどんな男にも満たせたと言いたいのか？」

顔をさらに赤くしたが、シドニーはどうでもいいというふうに肩をすくめてみせた。「妊婦向けの本に書いてあった内容を話しただけだわ」

アレクシオの顔がこわばったのを見て、彼女の胸はちくりと痛んだ。

「僕が君を求めていたのと同じくらい、君は僕を求めていた。ホルモンが関係していようがいまいがだ」

両手をこぶしに握り、シドニーは彼をにらみつけた。この人を愛するようになってしまったことが恨めしい。「あなたがパリに来たときから、何も変わっていないのよ。唯一の変化は、私が銀行ではなく、あなたからお金を借りることになった点だけね」

「それはもういい。何も返す必要はない。僕はこの関係をうまく進めようとしているんだ」

シドニーは苦い思いを味わっていた。「私たちの関係はうまくいかないわ、アレクシオ。欲望だけではたりないもの。愛人のようにあなたに囲われるのも、そんな環境で子供を育てるのもごめんだわ。娘とふたりで暮らしていけるように、私は働くつもりよ。そうしている女性は世界じゅうに何百万人もいるわ」

アレクシオは口元をこわばらせた。「その何百万人もの女性は、大金持ちの子を妊娠するほど賢くないが」

シドニーは息をのんだ。言いたいことは明らかだ。

〝だから、僕の援助がほしくないふりなどするな〟

彼はすぐに手を上げた。「シド、待ってくれ。そういうつもりでは――」

心が再び粉々に砕け散ったが、シドニーは冷ややかな声でさえぎった。「そう呼ばないでと言ったでしょ。私の名前はシドニーよ。あなたの気持ちはよくわかったわ。まだ私を信じていないのね？」

アレクシオが後ろめたそうな表情を見せた瞬間、シドニーの心の中で何かが枯れて死んだ。ほかに言葉が出てこず、彼女は首を振ると、きびすを返して部屋から出ていった。

シドニーの背中を見送ったあと、アレクシオは頭を抱えた。パニックが押し寄せる。何もかも思ったとおりにはいかなかった。もっとも、彼女に関する限り、予想どおりにことが進んだ試しはない。

今朝、シドニーが恥ずかしそうな笑みを浮かべて現れた瞬間から、アレクシオは感情の堰《せき》が決壊しそうだった。しかし、まだその心構えはできていなかった。

ダイニングルームを出たとき、ちょうどシドニーがコートを着てバッグを持っている姿が見え、アレクシオのパニックの感覚は強くなった。

「どこへ行くんだ？」

シドニーはアレクシオの視線を避けた。「前にも言ったけど、今日はジョセフィン叔母さんのところへ行くわ」

それからこちらを見たが、シドニーの表情にも目にも感情はなく、顔は青白い。ふいに、アレクシオは行くなと懇願したくなったが、何かに押しとどめられた。〝愛し合うのがふつうなのに、なんでできないの？〟と小さな彼が尋ねたときの、母の冷酷な顔が思い浮かんだのだ。過去の鎖は重く、どうしても断ち切ることができなかった。

きっと考えすぎだ。シドニーは午後には戻ってくるのだから、また話し合えばいい。僕が自制心を取り戻したときに。

「僕の車と運転手が外で待っているから、よければ使うといい」

シドニーは静かな口調で言った。「わかったわ」

そして、出ていった。


アレクシオは昼過ぎまで、ロンドンとアテネのオフィスに電話をかけて過ごした。しかし、シドニーに投げつけた言葉が頭を離れることはなかった。〝その何百万人もの女性は、大金持ちの子を妊娠するほど賢くないが〟シドニーの打ちのめされた表情も、脳裏に焼きついている。

そのとき、弁護士のデメトリアスが電話をかけてきた。「いつになったら看護師ごっこをやめて、仕事に戻るつもりだ？」

四カ月前この男が――親友が、知らず知らずとはいえ、僕に疑いの種を植えつけた。心の奥底で煮えたぎっていた怒りが爆発しかけ、アレクシオは通話を切った。ひとことでも発したら、後悔するようなことを言ったあげく、彼を解雇しかねない。だが、悪いのはほかの誰でもなく僕自身だ。

アレクシオは電話をにらみつけた。仕事などする気にならない。シドニーの電話番号にかけたが、応えたのは留守番電話のメッセージだった。

悪い予感がする。伝言は残さず、ジョセフィンにかけて、シドニーがもう家を出たかどうか尋ねた。その答えを聞いて、アレクシオは喉を締めつけられるような気分に襲われた。頭の中で時間を計算し、どうにか取り乱さずに電話を切る。

兄ラファエレの顔が思い浮かんだ。幸せそうなあの家族を見て、いかに心が乱れたか。僕は嫉妬していたのだ、とようやく気づいた。

胸の中では何かが、過去よりも大きなものがふくらんでいる。今朝と同じように、恐怖も顔をのぞかせた。しかし、別の感情——希望も見える。

アレクシオは決意を固め、方々に電話をかけ始めた。最後に運転手にかけて、車を用意させた。

10

シドニーは飛行機の座席に座り、楕円形《だえんけい》の小さな窓から外をながめた。叔母を置いていくのは後ろめたい。それでも、叔母本人は大丈夫だと断言し、ダブリンに戻るシドニーを応援してくれた。あちらで大学に戻るつもりだったけれど、かすかに波打つような感覚をおなかに覚え、シドニーはパニックに襲われた。クリスマス前には赤ちゃんが生まれるのに、復学できると思うの？　涙がこみ上げる。どうして衝動的に行動してしまったのかしら？　ただパリから離れ、アレクシオの愛人になるのを避けたかっただけなのに。

客室乗務員の声が聞こえた。「こちらのお席です」

シドニーははっとしてまわりを見渡したが、小柄で丸々とした男性が目に入ったとたんがっかりした。目をそらし、心の中で自分をののしる。何を期待しているの？　彼の航空会社を使っていないのに、またアレクシオが現れるとでも思っていた？

シドニーはセーターを枕代わりにして窓にもたれた。離陸の恐怖も、情熱の中でだけやさしくなるアレクシオの皮肉っぽい表情も、すべて頭から締め出してしまいたかった。

「お客様、すみません、ご案内するお席を間違えてしまいました。席を移っていただかなければならないのですが」

目を覚まし、シドニーはまばたきをした。驚いたことに、飛行機はもう飛び立っている。隣の席の小柄な男性はぶつぶつ言いながら、平謝りの客室乗務員に連れられていった。それから……。


「ここはあいているか？」

シドニーは凍りつき、そして顔を上げた。

アレクシオだ。黒っぽいスーツ姿だが、着こなしが少し乱れている。シドニーは身を守るようにセーターを抱えた。隣の席に腰を下ろすアレクシオに向かって、眠気の覚めた目を細める。「どうして私がここにいるとわかったの？」尋ねたとたんに思いついた。「叔母さんに聞いたのね」

口元をゆるめたものの、彼の目は笑っていない。その奥にはこれまで見たことのない表情――不安が浮かんでいて、シドニーの鼓動が速くなった。

「そうだ」

シドニーは首を振り、胸の痛みを抑えた。「何が望みなの、アレクシオ？」

「君だ。それに、僕たちの娘も」

涙をこらえ、シドニーは唇を噛《か》んだ。「あなたは義務と責任感から動いているだけ……でも、それではたりないのよ。子供の父親だからって、お金を受け取るようなまねはしたくない。それに、あなたは私を信じていないわ」

アレクシオは目に炎を宿して、シドニーのほうに体を向けた。手を握る彼の手は震えていて、シドニーは振りほどくのをやめた。

「君を信じている、シド……いや、シドニー」

呼び名を言い直され、彼女は胸をつかれた。

「本当だ。今朝のようなことは言うべきではなかった。僕は大ばか者だ。本気で言ったわけじゃなく、皮肉屋としての態度がまだどこかに染みついていたんだ。愛を信じるなと母に教えられたのは、僕が九歳のときだった。何も求めない、心の通わない女性ばかりと付き合ってきたのも、与えられるものが何もなかったからだ。しかし君に出会って初めて、僕は深い関係を望むようになった」アレクシオはそこで口元をゆがめた。「それでいて、僕は君を信じず、みずから背を向けた」

「叔母との電話のことは本当に運が悪くて……」

「しかし、僕は説明する機会すら与えなかった。そもそも、勝手に身辺調査をしたのは僕だ」

シドニーはアレクシオの顎に触れたくなるのをこらえた。ふとした動作で、この瞬間が壊れてしまうような気がしたのだ。「母に前科があるのは事実よ。叔母との会話を聞かなかったとしても、私の過去を知れば、疑うのは当然だわ。だから、あなたを引っかけるつもりだったのかときかれたとき、否定しなかったの。もう望みはないと思って……」シドニーは静かな声で続けた。「あなたに出会うまで、私は長いあいだ人を信用しないで生きてきたの。でも、その信用を裏切られて――」

「許してもらえるとは思っていない。だが、君に伝えておきたいことがある」

「何？」

アレクシオはシドニーの手を改めて強く握った。声はかすれている。「君を愛している」

シドニーは夢ではないか、という疑いを振り払おうとした。

彼の笑みは悲しげだった。「初めて飛行機で出会ったときから、恋に落ちていたんだと思う。もしチャンスをもらえるなら、一生かけて償いたい」

手を引き抜き、シドニーは首を振った。わき上がってくる喜びを抑えようと必死だった。「本気だとはとても思えないわ」

アレクシオは真剣な表情だ。「ほかの女性に同じ言葉を言ったことは一度もない」

涙と笑いが同時にこみ上げる。それでも、シドニーはまだ信じられなかった。そうするのが怖かった。

ふいにアレクシオがシドニーのおなかに手を当て、顔を近づけて震える声で言った。「ベル……僕は君のママを説得しているところだ。彼女を本気で愛しているること、信じていること、一生を共にしたいと思っていることをわかってもらいたいんだが、あまりうまくいっていない」

そのとき、シドニーはおなかの中の子が蹴るのを感じた。振動のようなかすかなものでなく、はっきりと動いたのは初めてで、シドニーが目を丸くしていると、アレクシオも顔を上げた。その手はおなかに置かれたままだ。

彼も目を見開いている。「今のは……」それから確信に満ちた表情で言った。「どうやらベルは、僕の味方だな」

シドニーは涙をこらえられなかった。「ベルって名前には反対だったはずだけど……」

アレクシオはほほえんだ。「だんだん好きになってきたよ。それに、ほかの名前をつけたら、ジョセフィン叔母さんは一生許してくれないだろう。ただし、次の子の名前は僕がつけさせてもらう」

「次の子？」シドニーは泣きながら息をのんだ。

アレクシオの顔がにじんで見える。彼はおなかから手を離し、シドニーの頬を包んで、親指で涙をぬぐった。「もし君が望むなら、次の子も、その次の子もほしい」

そしてふたりの唇が重なったとき、ようやくほんの少しだけ、これは現実なのだとシドニーにも信じられるようになってきた。

唇を離し、シドニーはアレクシオの目を見つめた。そこには……初めて感情が表れていた。

彼女は深く息を吸った。「アレクシオ、私もあなたを愛しているわ……どれだけ深く傷つけられても。出会ったときから、あなたに恋をしていた。大嫌いだと思いこもうとしたけど、できなかったの」

アレクシオの目がきらりと光る。「本当に？」

シドニーはこの瞬間を切り取っておきたくなった。大金持ちでプレイボーイのアレクシオ・クリスタコスが目に涙を浮かべ、愛の告白を疑っているなんて。

今朝、将来の計画を冷静に言い連ねた男性とはまるで別人だ。これまではすべての感情を抑えつけ、隠していたのだろう。

「もちろん本当よ。間違いなく、あなたの愛より私の愛のほうが大きいと思うわ」

アレクシオはシドニーを見つめて首を振った。

「それは違うな」ポケットに手を入れ、小さな黒い箱を取り出した。また不安そうな表情を見せる。

「シド……シドニー」

「いいの」シドニーは慌てて口をはさんだ。「あなたにそう呼ばれるのは好きよ。前はその、怒っていたから……」

箱が開き、シドニーは息をのんだ。見事なハート形のダイヤモンドのリングがきらめいている。彼はその指輪を持ち、シドニーの左手を取って、じっと目を見つめた。「結婚してくれるか？」

シドニーの目からまた涙があふれ出した。胸がいっぱいで、とても言葉が出てこない。

ふいにアレクシオはまた身をかがめ、おなかのふくらみに向かって言った。「ベル、僕はたった今、君のママに——」

その言葉をさえぎり、シドニーはアレクシオの身を起こさせた。「ええ！」彼の目を見て答える。「あなたと結婚するわ、アレクシオ」

アレクシオはシドニーの手にキスをしてから、薬指に指輪をはめた。「宝石商をこの飛行機に呼んでおいたんだ。これを選んだのは、君の純粋な心を思わせるからだが、ほかのものに変えても……」

首を振り、シドニーは指輪を見つめた。「いいえ、これがいいわ。とってもきらきらしているもの」

彼はシドニーを抱き寄せた。「これから一生、きらきらしたものならいくらでも買って——」

シドニーははっとして身を引いた。「だめ……何も買ってもらいたくないわ、アレクシオ。本当よ。私を信じると言ってくれたけど、もう二度と疑ってほしくない。私が求めるのはあなただけ。お金目当てじゃないと証明する契約書か何かにサインするまで、結婚はしないわ」

アレクシオはため息をついた。「シド、おかしなことを言うな」

背筋を伸ばし、シドニーはシャツを元に戻した。もう一度首を振り、腕を組む。「賛成してくれないなら、結婚できません」

天を仰いだアレクシオは、それから両手を上げた。「わかったよ」

それから、再びシドニーを引き寄せ、強く抱きしめた。シドニーも彼の腰に腕を巻きつけ、その胸にもたれる。ふたりはそのまま、長いあいだ抱き合っていた。

「シド？」

「なに？」

「眠ろうとしているのか？」

シドニーは彼の胸にもたれたままうなずいた。

「ホルモンのせいよ。今夜はなかなか寝かせてもらえないような気がするから、今のうちに眠っておいたほうがいいと思って」

アレクシオがわずかに身をこわばらせた。「ゆうべのことは、ただのホルモンの影響じゃない。君にもわかっているはずだ。一生かけてでも、僕はそのことを証明してみせるぞ」

一生……。シドニーは笑みを浮かべ、もう一度ぎゅっとアレクシオを抱きしめた。


二週間後、シドニーはパリの市庁舎で叔母と腕を組み、通路を歩いていった。叔母は満面に笑みを浮かべている。ラベンダー色のスーツはアレクシオに買ってもらったもので、ようやく贈り物を受け取ってくれる人ができた、と彼はつぶやいた。

花嫁が現れるのを待ち構えていたアレクシオは、シドニーの姿を見たとたんに息ができなくなり、涙がこみ上げた。長いあいだ感情を抑えつけていたせいか、堰《せき》が切れたようで、うれしい変化だった。ラファエレのしたり顔さえ気にならなかった。

シドニーの髪は半分だけアップにされ、シンプルなダイヤモンドのクリップで留められていた。それと婚約指輪のほかに、宝石はつけていない。オフホワイトのドレスはストラップレスで、胸の下に切り替えがあり、大きくなってきたおなかをふんわりと包んでいる。新郎の目をじっと見ながら進んでくるシドニーに、アレクシオの心臓は止まりかけ、彼女への愛の強さを改めて思い知らされた。

アレクシオが手を差し出すと、シドニーはその手を取ってほほえんだ。ばらばらになっていた人生がひとつにまとまったようで、アレクシオは彼女を抱き寄せた。早くキスをしたくてたまらなかった。

市庁舎の部屋の外で、セサル・ダ・シルヴァはポケットに手を突っこんだ。来たのが間違いだった。しかし今朝、アレクシオの招待状を見て、なぜかスペインからパリまで来ようと思った。

到着が遅れたため、セサルは戸籍課の後ろのほうに立っていた。式のあいだ、アレクシオと花嫁はこちらに背を向けていた。もうひとりの異父弟、ラファエレは前のほうにいて、小さな男の子を抱えていた。ラファエレに寄り添い、腰を抱いている黒髪の女性が彼の妻だろう。

ほんの数カ月前、セサルはそのふたりの結婚式にも招かれたが、当時はまだ怒りが大きすぎた。母の葬儀でようやく父親の違う弟ふたりと顔を合わせたという事実と、母が自分よりも弟たちを愛したという事実に対する怒りが。母はあのふたりのことは捨てなかった。

もちろん、異父弟たちに罪はない。母が僕を置いて出ていったことで、僕の心にどんな影が落ちようとも、弟たちのせいではない。

心の闇は大きく、人々が気づいて逃げ出さないのが不思議なくらいだった。とりわけ女性に対してはそう思う。だが、闇が深いほど女性たちは引き寄せられるようで、セサルの心を癒やせると思いこむ女性もひとりならずいた。

もっとも、女性たちが寄ってくるのは驚きではない。セサルは世界有数の大富豪だったからだ。女性とはそういうものだと、幼いころに母が教えてくれた。セサルを捨てたあと、母は贅沢《ぜいたく》な暮らしを求めてまずイタリアの貴族、次はギリシアの大実業家を落とした。

ラファエレが息子を下ろしているのが見える。かわいらしい男の子は自分の甥《おい》だと気づき、セサルは腹を殴られたように感じた。母に捨てられ、すべてが闇に包まれたのがちょうどあのくらいの年だったから、同じ年ごろの男の子が両親と手をつなぐさまを見るのは耐えられなかった。

それからもうひとりの異父弟、アレクシオが花嫁と一緒に戸籍課から出てきた。彼女は妊娠している。また新しい命が生まれようとしているのかと思い、セサルの胸の痛みは強くなった。新婚のふたりは満面に笑みを浮かべていて、お互いしか目に入っていない。心の闇が広がり、体の外にまで染み出している気がする。数人が怪訝《けげん》そうな目をしたが、女性たちは見入られたような視線を送ってきた。

今、アレクシオは花嫁を抱き上げていて、幸せそうな声をあげた彼女が後ろにブーケを投げた。そのようすを見て、セサルの心の何かが砕けた。もうここを離れたほうがいい。来るべきではなかった。

しかしきびすを返した瞬間、誰かに腕をつかまれた。振り返ると、息子を抱いたラファエレが立っていて、男の子が不思議そうな顔でセサルを見ていた。目が母のエスペランサにそっくりだ。つまり、僕の目にも似ている。セサルはめまいがしそうだった。

早くこの場を離れたいという異父兄の気持ちを読んだのか、ラファエレは言った。「僕たちと母の暮らしがどんなものだったと思っているのかはわからないが……その想像は間違っている。あなたが来ていたことは、アレクシオに伝えておく。また会うことも……」

ここを出たい気持ちをわかってもらえたことに驚き、セサルは軽く目を見開いた。胸を詰まらせながらうなずく。「彼におめでとうと伝えてくれ」

それからきびすを返し、幸せな光景から足早に歩き去った。母についてラファエレが言ったことの意味を考えながら。

ハーレクイン®

情事の報酬
2014年12月20日発行

著　　者　アビー・グリーン
訳　　者　熊野寧々子（くまの　ねねこ）

発 行 人　立山昭彦
発 行 所　株式会社ハーレクイン
東京都千代田区外神田 3-16-8
電話 03-5295-8091（営業）
0570-008091（読者サービス係）

印刷・製本　大日本印刷株式会社
東京都新宿区市谷加賀町 1-1-1

編集協力　株式会社風日舎

造本には十分注意しておりますが、乱丁（ページ順序の間違い）・落丁（本文の一部抜け落ち）がありました場合は、お取り替えいたします。ご面倒ですが、購入された書店名を明記の上、小社読者サービス係宛ご送付ください。送料小社負担にてお取り替えいたします。ただし、古書店で購入されたものについてはお取り替えできません。
®とTMがついているものはハーレクイン社の登録商標です。

この書籍の本文は環境対応型の植物油インクを使用して印刷しています。

ISBN978-4-596-13023-5 C0297

12月20日の新刊　好評発売中！

愛の激しさを知る　ハーレクイン・ロマンス

情事の報酬 （ファム・ファタールの息子たちⅡ）	アビー・グリーン／熊野寧々子 訳	R-3023
無慈悲な愛人命令	キャシー・ウィリアムズ／町田有鈴 訳	R-3024
シンデレラと聖夜の奇跡	ルーシー・モンロー／朝戸まり 訳	R-3025
悪魔を愛した乙女 （華麗なるシチリアⅧ）	メイシー・イエーツ／松尾当子 訳	R-3026

ピュアな思いに満たされる　ハーレクイン・イマージュ

大富豪との一夜の続き	ソフィー・ペンブローク／清水由貴子 訳	I-2351
殿下に捧げる初恋 （青き海のプリンスたちⅠ）	レベッカ・ウインターズ／小林ルミ子 訳	I-2352

この情熱は止められない！　ハーレクイン・ディザイア

リラの結婚の条件 （ギリシアの恋人Ⅲ）	フィオナ・ブランド／藤倉詩音 訳	D-1639
妻という名のナニー	マリーン・ラブレース／杉本ユミ 訳	D-1640

もっと読みたい“ハーレクイン”　ハーレクイン・セレクト

ぼくの白雪姫	シャーロット・ラム／長沢由美 訳	K-283
一カ月だけシンデレラ	スーザン・マレリー／外山恵理 訳	K-284
アマルフィの公爵 （異国で迎える季節Ⅱ）	マリーン・ラブレース／山口絵夢 訳	K-285

永遠のハッピーエンド・ロマンス　コミック

- ハーレクインコミックス（描きおろし）毎月1日発売
- ハーレクインコミックス・キララ　毎月11日発売
- ハーレクインオリジナル　毎月11日発売
- ハーレクイン　毎月6日・21日発売
- ハーレクインdarling　毎月24日発売

フェイスブックのご案内

ハーレクイン社の公式Facebook　　www.fb.com/harlequin.jp

他では聞けない“今”の情報をお届けします。
おすすめの新刊やキャンペーン情報がいっぱいです。

1月5日の新刊 発売日12月25日

※地域および流通の都合により変更になる場合があります。

愛の激しさを知る　ハーレクイン・ロマンス

シークの愛した客室係（ホテル・チャッツフィールドⅠ）	ルーシー・モンロー／山本翔子 訳	R-3027
ウエイトレスの初恋	キャロル・マリネッリ／山口西夏 訳	R-3028
珊瑚礁の愛人	ロビン・ドナルド／柿沼摩耶 訳	R-3029
妻の隠された昼の顔	キャロル・モーティマー／山本みと 訳	R-3030

ピュアな思いに満たされる　ハーレクイン・イマージュ

愛されない娘	ミシェル・ダグラス／堺谷ますみ 訳	I-2353
いばらの恋	ベティ・ニールズ／深山　咲 訳	I-2354

この情熱は止められない！　ハーレクイン・ディザイア

氷のキスを花嫁に	オリヴィア・ゲイツ／松島なお子 訳	D-1641
仮面の下の大富豪	キャット・キャントレル／八坂よしみ 訳	D-1642

もっと読みたい"ハーレクイン"　ハーレクイン・セレクト

天使の誘惑	ジャクリーン・バード／柊　羊子 訳	K-286
冷たいプレイボーイ	シャンテル・ショー／山科みずき 訳	K-287
遅れてきた花嫁	ミランダ・リー／有森ジュン 訳	K-288

華やかなりし時代へ誘う　ハーレクイン・ヒストリカル・スペシャル

迷い込んだ愛の森	ヘレン・ディクソン／小長光弘美 訳	PHS-102
料理番の娘	アン・アシュリー／田村たつ子 訳	PHS-103

ハーレクイン文庫　文庫コーナーでお求めください　1月1日発売

天使のほほ笑み	ヘレン・ビアンチン／井上圭子 訳	HQB-632
侯爵家からの招待	アン・メイザー／有沢瞳子 訳	HQB-633
脅された花嫁	サラ・モーガン／桃里留加 訳	HQB-634
億万長者のプロポーズ	ソフィー・ウエストン／片山真紀 訳	HQB-635
アラビアンナイト	メアリー・ライアンズ／古澤　紅 訳	HQB-636
すてきなショータイム	ローリー・フォスター／谷垣暁美 訳	HQB-637